DVRCH·KREVZ·ZVM·LICHT

6
8
16
18
26
28
36
38
46
48
56
58
68
78
108
118
240

Marienplatz

Hofbräu
Weine

Hauptgeschäft Buttermarkt 12
FRANZ MESSIG
Lager in Möbel u. Kleider.
Eingang

TRUE CRIME

Greven Verlag Köln

ANSELM WEYER

KÖLN 1918–1926

DIE INSEL DER SELIGEN

Für

die Urgroßeltern von Jomi und Morten:
Margarete und Bernhard Bettin
Bertha und Joseph Weyer
Josefine und Hermann Schneider
Maria und Josef Danne

KRIEGSBEBEN IN KÖLN

Mitternacht war gerade vorbei und Sonntag, der 20. Oktober 1918, angebrochen. Schutzmann Rudolf von Carnap war gemeinsam mit dem Soldaten Prinz im rechtsrheinischen Humboldt auf Streife. In diesen unsicheren Zeiten galt es, die öffentliche Ordnung aufrechtzuerhalten. Zwar sprach man viel über Waffenstillstandsverhandlungen. Noch aber herrschte Krieg.

Das Wetter war scheußlich. Der 33-jährige Carnap wünschte sich bestimmt zurück in sein Bett in der ersten Etage in der nahen Roddergasse 42, zu seiner Frau. Eine stark wachsende Gegend war diese Humboldtkolonie, durch die er patrouillieren musste. Entstanden war sie zunächst um eine Pulverfabrik. Die war allerdings schon vor fast 50 Jahren explodiert. Heute standen hier vornehmlich die Häuser der Arbeiter, die bei der Maschinenbauanstalt Humboldt im benachbarten Kalk beschäftigt waren. Eine funktionale Siedlung vom Reißbrett. An schnurgeraden Straßen reihten sich auf rechtwinkligen Grundstücken einfache Häuser mit Nutzgärten. Die Kölner Verwaltung hatte den Vorort stets stiefmütterlich behandelt. Jahrelang wartete man auf eine Straßenbahnanbindung, flächendeckende Straßenbeleuchtung oder einen richtigen Kanal. Besonders die Rolshover Straße mit ihren immer verstopften Schlinggruben war berüchtigt. Bei jedem Regenguss stand sie tief unter Wasser, sodass ein Reinigungsunternehmen anrücken und das Wasser teuer wegpumpen musste. Zurück blieb meist trotzdem eine Schlammwüste.

Hier, an der Rolshover Straße, Ecke Wetzlarer Straße, stand Schutzmann Carnap mit Musketier Prinz, als er gegen ein Uhr morgens zwei Männer an der Eisenbahnunterführung entdeckte. Sie zogen einen mit zwei Säcken beladenen Handwagen. Das kam ihm um diese Zeit komisch vor. Rudolf von Carnap waltete seines Amtes. Mit preußischer Autorität schritt er auf die beiden zu. Was sie in den Säcken hätten? »Kartoffeln«, entgegnete ihm Rudolf Hombach. Er dachte dabei wohl schon an den Armeerevolver und das feststehende Messer in seiner Tasche.

Köln hungerte. »Der Winter kann lang und hart werden«, mahnten gerade alle Zeitungen. »Kellert Kartoffeln ein!« Toller Vorschlag. Woher Kartoffeln nehmen im vierten Kriegsjahr? Seit Jahren war das Brot rationiert, pro Nase und Tag waren nur noch zwischen 60 und 90 Gramm Butter oder Fett vorgesehen. Alle drei bis vier Wochen gab es pro Person gerade einmal ein Ei auf den Tisch. Milch erhielten nur noch Kleinkinder, Kranke, Schwangere und stillende Mütter. Käse kannte die Zivilbevölkerung seit anderthalb Jahren kaum mehr, ebenso wenig Heringe oder Öl.

Und wer wollte überhaupt garantieren, dass die spärlich vorhandene Nahrung in diesen Tagen auch zugeteilt werden konnte? Durch das nasskalte Herbstwetter begünstigt, grassierte eine verheerende Grippe-Epidemie. Diese »Spanische Krankheit« traf besonders junge und starke Menschen. Große Teile der Belegschaften in Ämtern und Unternehmen mussten das Bett hüten. Fast alle öffentlichen Einrichtungen, von Schulen bis zu Museen, waren geschlossen. Nur die Standesämter hatten sogar zusätzlich geöffnet. Die Flut an Sterbefällen musste schließlich gemeldet werden. Wie sich all das auf die Nahrungsmittelversorgung auswirken würde, stand in den Sternen. Deshalb war klar, dass man sich nicht darauf verlassen konnte, dass die Stadt Köln schon für genügend Kartoffeln sorgen werde. »Jeder bedenke wohl«, mahnten die Zeitungen, »es kann möglich sein, dass städtische Vorräte für Heereszwecke angegriffen werden müssen.«

Der 23-jährige Fabrikarbeiter Rudolf Hombach und sein fünf Jahre älterer Freund, der Werkzeugschlosser Hermann Mertens, warfen sich bedeutungsvolle Blicke zu, während Schutzmann Carnap kontrollierte, was sie da mitten in der Nacht auf ihrem Wägelchen durch die Gegend zogen. Wer weiß, was Hombach und Mertens im Krieg alles erlebt hatten. Hombach war von 1915 bis 1917, Mertens bis 1916 zum Heer einberufen gewesen. Ohne Grund werden die beiden nicht zur Arbeitsaufnahme entlassen worden sein, Hombach als »garnisonsverwendungsfähig«, Mertens als »zeitig kriegsunbrauchbar«. So Erlebnisse an der Front härten ab. Die beiden hatten offenkundig keine Lust auf die bevorstehende fleischlose Woche, die das Kriegsernährungsamt angeordnet hatte. Schon die vierte.

In Holweide, ganz in der Nähe des Kalker Friedhofs, stand eine Herde Schafe auf der Weide. An diese waren Hombach und Mertens herangeschlichen. Ein Schaf hatten sie sich im Schutz der Nacht geschnappt und in das nahe Feld geschleppt. Dort hatten Hombach und Mertens das Tier geschlachtet und ausgeweidet, dann zerstückelt und in die Säcke gesteckt. Aber nun wohin damit? Derartige Diebstähle wurden streng geahndet. Zu Hombachs Wohnung in Kalk? Nein, da stand doch ständig ein Posten. An dem war bestimmt kein Vorbeikommen. Also auf zur Esserstraße, zur Wohnung von Hermann Mertens. Doch so ein Schaf ist auch ausgeweidet nicht gerade leicht, und der Weg war lang. Deshalb hatte sich Mertens ein Heuwägelchen geborgt.

»Das sind keine Kartoffeln«, stellte Schutzmann Carnap nach kurzem Blick in die Säcke fest. Streng fragte er nach den Personalien. Hätten sie nicht dabei, antworteten die beiden Ertappten. Auch mit ihren Namen druckten sie herum. Tja, dann müssten sie mit ihrem Wägelchen und dem geschlachteten Schaf sofort mit zur nächsten Polizeiwache kommen, ordnete Carnap an.

Routinemäßig durchsuchte der Schutzmann Mertens nach Waffen. Er fand nichts. Er solle schon einmal zur Deichsel des Wagens gehen, befahl er ihm. Carnap drehte sich dann zu Hombach. Ein lauter Knall. Der Schuss aus unmittelbarer Nähe streckte Carnap nieder. Er sank in sich zusammen. Aus der Brust, etwa eine Handbreit unter dem Hals, strömte Blut. Auch aus dem Rücken, wo die Kugel wieder ausgetreten war. Noch drei weitere Schüsse aus Hombachs 9-Millimeter-Armeepistole hallten durch die Nacht. Einer davon erwischte auch den Soldaten Prinz in die Brust. Mitten durch die Lunge. Prinz sah noch, wie die beiden Diebe ihre Beute zurückließen und in Richtung Usingerstraße flohen. Mit letzter Kraft feuerte Prinz ein paar Schüsse hinter ihnen her. Dann sackte er neben dem Handwagen zusammen.

Durch das Knallen aufgeschreckt, kamen Nachbarn herbei. Sie fanden Rudolf von Carnap tot auf dem nassen Boden liegen. Prinz aber lebte noch. Hilfe wurde geholt, die Prinz ins Krankenhaus brachte. Ein langer Kampf um sein Leben begann.

Die sofort benachrichtigte Kriminalpolizei leitete noch in derselben Nacht Ermittlungen ein. Kriminalkommissar Jean Merbeck besuchte den schwer verletzten Prinz. Aber die ungenauen Angaben, die der hervorkeuchte, halfen nicht weiter. Als ob er gar nicht richtig dabei gewesen wäre. Wie hat denn der Mann ausgesehen, der ihm die Kugel verpasst hat? Vielleicht 24 oder 25 Jahre alt sei er gewesen. Groß und schlank. Und weiter? Vielleicht habe er einen Schnurrbart gehabt. Einen grauen Anzug habe er jedenfalls getragen, vielleicht auch einen weichen dunklen Hut. Und der andere? Der sei etwas älter gewesen. Etwa gleiche Größe. Ebenfalls schlank. Mit dunklem, verschmutztem Anzug. Vielleicht ebenfalls mit weichem dunklem Hut.

Mit so vielen Vielleichts war nicht viel anzufangen. Merbeck brauchte mehr Informationen oder anderweitige Unterstützung. Die Staatsgewalt machte sich doch lächerlich, wenn ungestraft Polizisten niedergeschossen werden konnten.

Wie stand es aber um die beiden Täter? Auf der Flucht hatte Rudolf Hombach einen Einschlag im Rücken gespürt. Er war schnell voller Blut. Dieser Soldat hatte ihn mit einem Schuss erwischt. Mit nachlassendem Adrenalinspiegel wurden die Schmerzen stärker. Verdammt. Was jetzt? Zum Arzt konnte er ja schlecht gehen. Hermann Mertens hakte ihn unter und schleppte ihn weiter, immer mit ängstlichem Blick zurück, ob sie auch nicht verfolgt wurden. Glücklicherweise verwischte der Regen wenigstens die Blutspuren. Ganz vorsichtig! Und nun schnell von der Straße weg, in die nahe gelegene Wohnung von Mertens. Leise, leise! Die Nachbarn durften nichts merken. Drinnen verband Mertens den Freund und gab ihm frische Kleidung. Bis zum Mittag hielt er ihn hier verborgen. Dann kam dessen Ehefrau und holte ihn ab. Dass da jemand mit Schussverletzung durchs Rechtsrheinische humpelte, fiel nicht weiter auf. Männer mit Kriegsverletzungen, teils Schwerinvalide, sah man derzeit überall auf den Straßen. Eine der ersten Gänge führte die Hombachs an den Rhein. Rudolf Hombach schleuderte seinen Armeerevolver in die Strömung.

Währenddessen war Kommissar Jean Merbeck nicht untätig. In Köln und Umgebung standen die Menschen vor den überall angeschlagenen roten Plakaten oder lasen in den Zeitungen von der unerhörten Tat und den zurückgelassenen Beweismitteln, also den Säcken und dem Karren. Als Belohnung für Hinweise auf die Täter winkten 1000 Mark. Die Namen etwaiger Zeugen würden auch, wenn gewünscht, geheim gehalten.

Mit Interesse nahm all dies der Schüler Nicolaus Wirtz zur Kenntnis. Ein selbst gebauter niedriger, vierrädriger, offener Kastenwagen mit eisernen Vorderrädern? Mit feldgrau gestrichenen Seitenbrettern und ungestrichenen, aufgenagelten Kopfbrettern? So einen kannte er doch. Der 13-Jährige meldete sich am 23. Oktober beim Polizeirevier am Gotenring in Deutz. Er wohne am Heßhofplatz 19 in Vingst, gab Wirtz zu Protokoll, und er sei sich ziemlich sicher, dass der Wagen dem Tagelöhner Johann Adenacker gehöre. Der lebe mit seiner Frau ein paar Häuser weiter, am Heßhofplatz 26.

Endlich eine heiße Spur. Gemeinsam mit Kriminalwachtmeister Franz Kuhl fuhr Kommissar Merbeck sofort dorthin. Der Schwiegersohn des Ehepaars habe sich den Wagen in der Tatnacht ausgeliehen, hieß es dort. Name? Hermann Mertens. In der Esserstraße 13 wohne der. Dort traf die Polizei den Verdächtigen aber nicht an. Deshalb klingelte sie bei den Nachbarn. In der dritten Etage des Hauses wohnte Fritz Burk. Als Bahnschaffner fühlte er sich auch als eine Art Ordnungshüter. Mertens treibe sich bestimmt auf der Kalker Hauptstraße herum, meinte er voller Stolz, helfen zu können. Wenn gewünscht, könne er ihn identifizieren. Also schickte Kriminalkommissar Merbeck Wachtmeister Kuhl gemeinsam mit Burk los. Tatsächlich konnte Mertens noch am selben Mittag aauf der Kalker Hauptstraße festgenommen werden. Beim Verhör fiel dann schnell der Name Rudolf Hombach. Wo der wohne? Engelsstraße 18.

Hombach lag mit schmerzendem Rücken im Bett. Da flog die Tür auf, und Polizisten stürmten in die Wohnung. Er sei verhaftet, erklärte ihm Kriminalkommissar Merbeck. Anfänglich stritt Hombach alles ab. Doch angesichts der Ermittlungsergebnisse und der frischen Schussverletzung war Leugnen wenig aussichtsreich. Ja, gab er schließlich zu, er habe auf Carnap und Prinz geschossen. Also ab ins Gefängnis. Der Tag der Verhandlung vor dem außerordentlichen Kriegsgericht der Festung Cöln war schnell festgesetzt. Hombach und Mertens saßen im berüchtigten Klingelpütz und warteten auf ihre Verurteilung. Doch dann kam alles anders.

Wie ein Lauffeuer verbreiteten sich Anfang November 1918 in ganz Deutschland Nachrichten von meuternden Matrosen in Kiel. Obwohl die Friedensverhandlungen bereits begonnen hatten, sollten sie zu einem Gefecht aufbrechen. Warum? Einfach der Ehre halber. Da hatten die Matrosen gemeutert. Sie seien nicht bereit, ihr Leben für letzte, sinnlose Himmelfahrtskommandos eines längst verlorenen Krieges zu opfern, hatten sie gesagt. Es war der zündende Funke der Revolte, die ganz Deutschland überrollen sollte.

»Gerüchte abenteuerlichster Art liefen gestern in Köln um: Es geht los!«, meldeten die Zeitungen am 7. November 1918. Kieler Matrosen hätten sich auf den Weg nach Köln gemacht, um die Revolution an den Rhein zu bringen. Vor allem aber wollten sie ihre Kameraden aus dem zentralen Stammgefängnis für Marinegefangene in Köln befreien. Am Hauptbahnhof sammelten sich im Lauf des Abends etwa 10.000 Menschen aus der kriegsmüden Bevölkerung, um die Matrosen zu begrüßen. Die Machthaber waren alarmiert und stritten fieberhaft darüber, was zu tun sei. Oberbürgermeister Konrad Adenauer beschwor den Kölner Festungskommandeur, Gouverneur Kurt Kruge, er solle die Matrosen nur ja nicht bis nach Köln kommen lassen. Sie müssten unbedingt vorher festgesetzt werden. Erreichten sie Köln, dann sei alles zu spät. Aber wie, bitte schön, fragte Gouverneur Kruge, solle er das verhindern? Die Soldaten in Köln, darunter sogar Offiziere, weigerten sich, gegen ihre Kameraden von der Marine vorzugehen. Manche seien sogar schon desertiert.

Am Hauptbahnhof machte sich in aller Augen Angst breit, als gegen 19.30 Uhr eine mit Maschinengewehren bewaffnete und feldmarschmäßig ausgestattete Kompanie der Infanterie am Vorplatz auflief. Sie sollte die Kieler Revolutionäre als Deserteure militärisch in Empfang nehmen. Alles hätte passieren können. Doch dann – zogen die Soldaten plötzlich wieder ab. Die Stadtoberen schickten stattdessen den beliebten Politiker Wilhelm Sollmann vor. Wenn, dann könne der die Massen im Zaum halten. Der Sozialdemokrat baute sich gegen 23 Uhr vor dem Fahrkartenschalter in der Vorhalle auf und rief die Menge eindringlich dazu auf, Ruhe und Ordnung zu bewahren. Applaus brachte ihm aber vor allem seine abschließende Forderung ein, der Kaiser solle abdanken.

Ein noch gewaltigerer Applaus ertönte, als schließlich tatsächlich mitten in der Nach um die 200 Marinesoldaten mit dem Zug eintrafen. Nach einigen Kundgebungen und kurzen Auseinandersetzungen mit den Wachmannschaften schwärmten die Revolutionäre in den frühen Morgenstunden aus, um die Gefängnisse zu öffnen. Eine hochbrisante Situation. Etwa 50.000 bis an die Zähne bewaffnete Soldaten waren in Köln stationiert. Wo deren Loyalitäten lagen, war schwer abzuschätzen. Ein einziger Schuss könnte jetzt ein Blutbad auslösen.

Das Gefängnis am Klingelpütz war nun schon 80 Jahre alt. Damals nach modernsten amerikanischen Vorbildern gebaut, sollten die Gefangenen in den vier mächtigen Flügeln überaus praktisch nach Geschlecht, Alter, Bestrafung oder Beschäftigung separiert werden können. Daran war inzwischen längst nicht mehr zu denken. Der Ziegelsteinbau platzte aus allen Nähten. Irgendwo hier saßen Hombach und Mertens und hörten draußen merkwürdige Geräusche herannahen. Ein Mob kam auf die hohen Gefängnismauern zugestürmt. Die Revolution! Bei den Gefangenen keimte Hoffnung auf. Die neue Weltordnung würde es doch wohl nicht scheren, dass sie gegen die alte Weltordnung verstoßen hatten!

Freiheit lag in der Luft. Noch aber mussten die Aufständischen draußen an dem schwer bewaffneten Wachpersonal vorbei. Wie der Kampf ausgehen würde, stand in den Sternen. Doch was war das? Das war ja unerhört! Ohne Gegenwehr ließen sich die Wachen entwaffnen. Polizeipräsident Ernst Reinhold Gerhard von Glasenapp und Festungskommandant Kurt Kruge hatten den Sicherheitskräften verboten zu schießen. Eine Eskalation war verhindert worden.

Mit einem Mal waren alle Gefängniszellen in Köln geöffnet. Offen standen die Türen in der Militärarrestanstalt Schnurgasse, im preußischen Fort V in Müngersdorf und auch im Klingelpütz. Nur politische Gefangene sollten befreit werden, wurde zwischendurch immer wieder gemahnt. Aber wer konnte und wollte das im Tumult kontrollieren? Hombachs Schüsse auf Schutzmann Carnap und Soldat Prinz waren ganz bestimmt kein politisches Statement gewesen. Egal. Auch Hombach und Mertens flüchteten auf die Kölner Straßen, neben, vor und hinter ihnen eine bunte Menge aus Deserteuren, Kleinkriminellen, Schwerverbrechern und Prostituierten. Alle tauchten unter im Chaos der Revolution.

Am nächsten Morgen, dem 8. November, klingelte bei Kaiser Wilhelm II. das Telefon. Ferngespräch. Prinz Max von Baden war am Apparat. »In Köln ist die Macht in den Händen des Arbeiter- und Soldatenrates«, begann der Reichskanzler die Unterredung. Die größte Festung am Rhein verloren? Das durfte doch nicht wahr sein! Schnell entsandte das Große Hauptquartier in Spa zwei Generalstabsoffiziere, um sich persönlich ein Bild von der Lage zu machen. Als sie vom Rhein zurück nach Belgien fahren wollten, brauchten sie schon Pässe und die Erlaubnis des Kölner Arbeiter- und Soldatenrats. Das Hauptquartier kommandierte noch verzweifelt eine im belgischen Herbesthal befindliche Division, die eigentlich auf dem Weg nach Berlin war, ab »zur Öffnung der Rheinbrücken und zur Wiedereinnahme von Köln«. Als aber die Truppen von ihrem Auftrag erfuhren, weigerten sie sich. Gegen Deutsche wollten sie nicht kämpfen. Das sah Gouverneur Kruge ähnlich. Er hatte sich da bereits aus seiner Festung Cöln abgesetzt. Am nächsten Tag, dem 9. November 1918, erfuhr die Welt, dass der deutsche Kaiser abgedankt hatte.

Was aber bedeutete dies für Hombach und Mertens? Zwar war zunächst groß verkündet worden, es würde kein Versuch gemacht, befreite Inhaftierte wieder einzufangen. Kurze Zeit später beklagte der Arbeiter- und Soldatenrat dann aber doch, dass bei dem wilden Ausbruch in der Revolutionsnacht auch Gefangene befreit worden seien, die wegen »gemeiner Vergehen und Verbrechen« Strafen abzubüßen hatten. Ein bedauerlicher Fehler. Dem Umstand geschuldet, dass die Befreiung unter auswärtigen Führern vor sich gegangen sei, die nicht genügend Ortskenntnis hatten. Die Kriminellen sollten doch bitte wieder hinter Schloss und Riegel gebracht werden. Die kaiserlichen Gerichte wurden ersucht, ihre Tätigkeit fortzusetzen.

Am Montag, dem 11. November, als endlich ein Waffenstillstand mit den Kriegsgegnern vereinbart worden war, nahm man in Köln die Strafverfolgung wieder auf. Und ein toter Polizist gerät nicht so schnell in Vergessenheit. Hermann Mertens wurde bald wieder gefasst, vor Gericht gestellt und wegen schweren Diebstahls zu sechs Monaten Gefängnis verurteilt. Letztlich musste er die Strafe aber nicht antreten. Er hatte ja schließlich Carnap nicht auf dem Gewissen. Und das Schaf? Nun ja. Es waren harte Zeiten gewesen.

Wo aber war Rudolf Hombach? Der hatte schließlich den tödlichen Schuss abgegeben. Der konnte nicht auf eine ähnlich gnädige Rechtsinterpretation hoffen. Die Polizei suchte ihn steckbrieflich. Hombach hatte sich gefälschte Papiere besorgt und war über die Grenze nach Holland geflohen. Dort hielt er sich als Arbeiter und Schmuggler über Wasser. Lange Jahre tauchte er unter.

Dabei führten ihn seine Schleichwege immer wieder nach Köln. Er erlebte bei seinen Besuchen, wie stark sich seine Heimatstadt veränderte. Dem Jahrhunderthochwasser vom Januar 1920 schien langsam ein ganz neues Köln zu entsteigen. Das britische Militär hatte hier jetzt das Sagen. Aber im Gegensatz zu dem, was in direkter Nachbarschaft unter dem strengen Regiment der Franzosen und Belgier los war, auch im Gegensatz zum zeitweisen Chaos im unbesetzten Gebiet des Deutschen Reichs, galt Köln unter der verhältnismäßig liberalen britischen Besatzung geradezu als Insel der Seligen. Überall wurde modernisiert. Die Universität wurde neu gegründet. Das höchste Hochhaus Europas entstand. Die alten Festungsbauten wurden langsam von Grün überwuchert. Der angeschossene Soldat Prinz hatte überlebt und galt mittlerweile als wiederhergestellt. Und selbst über den Tod des Polizisten Rudolf von Carnap schien Gras gewachsen.

Die Akten waren geschlossen, die Belohnung war aufgeteilt und ausgezahlt: 400 Mark für den Schüler Nicolaus Wirtz, 100 Mark für Fritz Burk, der Rest an die fünf hauptsächlich beteiligten Polizeibeamten, allen voran Kriminalkommissar Jean Merbeck. Doch die Polizei hatte den Tod eines ihrer Kameraden nicht vergessen. Wie ein Krokodil, das reglos im Wasser auf der Lauer liegt, hielt sie Augen und Ohren offen und vertraute darauf, dass Hombach schon irgendwann unvorsichtig werden würde.

Das Warten lohnte sich. Im Jahr 1925 lockte die *Jahrtausendausstellung der Rheinlande* in drei Monaten anderthalb Millionen Menschen in die neuen Messehallen in Deutz. Da bekam die Polizei gesteckt, dass sich Hombach unter falschem Namen in der Stadt aufhalte. Vier Tage nach dem Festakt zum Ende der Ausstellung, am 19. August 1925, konnte ihn die Polizei verhaften.

Rudolf Hombach saß im Juli 1926 auf der Anklagebank des Schwurgerichts am Appellhofplatz. Was den schweren Diebstahl anging, ließ die Staatsanwaltschaft Barmherzigkeit walten. Angesichts der damaligen Notzeit billigte sie mildernde Umstände zu und beantragte hierfür lediglich sechs Monate Gefängnis. Beim Totschlag war es aber mit der Milde vorbei. Für den getöteten Carnap und den Totschlagversuch an Prinz forderte der Staatsanwalt 15 Jahre Zuchthaus. Außerdem die Aberkennung der bürgerlichen Ehrenrechte für zehn Jahre.

Vergeblich bestritt die Verteidigung eine vorsätzliche Tötung und plädierte auf Körperverletzung mit tödlichem Ausgang. Hombach habe im Heer gedient, befand das Gericht. Als ausgebildeter Soldat habe der Angeklagte mit den verhängnisvollen Folgen seiner Schießerei rechnen müssen. Das genüge strafrechtlich zur Erhärtung des Totschlags. Trotzdem ließ das Gericht eher Gnade walten. Für den schweren Diebstahl verurteilte es Hombach zu sechs Monaten Gefängnis, für den Totschlag zu sechs Jahren und für den versuchten Totschlag zu zwei Jahren Zuchthaus, insgesamt zu sieben Jahre Zuchthaus.

IM ABFLUSSROHR

Verschwunden! Schon seit drei Wochen! Große Sorgen mache sie sich um ihre Schwester! Jaja, sicher mache sie sich Sorgen, so viel war der Polizei schon klar. Sonst hätte sich die Frau an diesem Tag auch gewiss nicht auf die Polizeiwache getraut. Jeder konnte schließlich sehen, was für ein Chaos in der Stadt herrschte. Wie viel die Polizei zu tun hatte. Ganz in der Nähe hörte jeder, der Ohren hatte, die Maschinengewehrsalven knattern, die vom Heerespark in Deutz herüberschallten. Tausende Männer, Frauen und Kinder hatten sich dort nämlich an den Wachtposten vorbei den Weg zu den Depots gebahnt und wollten gerade das Geplünderte abtransportieren. Das versuchte die Staatsgewalt mithilfe von Waffen zu verhindern. Wer hatte in solchen Momenten bitte schön Zeit für eine Suchanzeige, einen Tag nachdem der Truppendurchmarsch zu Ende gegangen war?

Die deutschen Truppen nämlich, die beim Waffenstillstand noch weit in französischem Gebiet standen, mussten laut Abkommen vom 11. November 1918 unverzüglich von der linken Rheinseite abgezogen werden. Das waren etwa 800.000 Mann, die sich alle innerhalb von nicht einmal zwei Wochen durch das Nadelöhr Köln zu quetschen hatten. Was für ein Spektakel! Die ganze Stadt war auf Anordnung von Oberbürgermeister Konrad Adenauer in ein patriotisches Fahnenmeer getaucht. Menschenmassen zogen zur Aachener Straße, um die heimkehrenden Soldaten zu bejubeln. Ein Höhepunkt war, als das in Köln beheimatete 65er Rheinische Infanterie-Regiment am 27. November 1918 durchmarschierte. Hunderte kleiner Mädchen und Jungen brachten Blumen und Fähnchen, um ihre zurückkehrenden Helden zu schmücken.

Gegen 11 Uhr nahm das Regiment Stellung vor der Ausstellungshalle am Aachener Tor. »Kameraden!«, rief ihnen dort Oberbürgermeister Adenauer zu. »Die feindliche Übermacht war zu gewaltig, aber ihr kehrt nicht zurück als Besiegte, sondern als wahre Sieger. Noch nach hundert Jahren werden in der Geschichte die Heldentaten, die ihr verrichtet habt, mit Stolz verzeichnet werden.« Dann brachte Adenauer ein Hoch auf das Regiment aus, in das die Menge begeistert einfiel. Nach ein paar weiteren Reden stimmte die Regimentskapelle »Deutschland, Deutschland über alles« an, woraufhin sich die Truppe unter allgemeinem Gesang Richtung Rudolfplatz in Bewegung setzte.

Das war was gewesen. Doch am 3. Dezember 1918 war all das vorbei. Jetzt war nach dem deutschen Kaiser auch noch das deutsche Militär weg. Zurück blieben die Kölner, die der Ankunft einer feindlichen Besatzung harrten. Da kam in der hungrigen Bevölkerung auch noch ein Gerücht auf. Die städtischen Vorräte würden gerade auf die rechte Rheinseite in Sicherheit gebracht, damit sie nicht den fremden Besatzern in die Hände fielen. Ein Aufschrei ging durch die Stadt. Am Abend sammelten sich Tausende Menschen vor dem Proviantamt und verlangten die Herausgabe der dort gelagerten Lebensmittel. Schüsse fielen, auch aus Maschinengewehren. Mehrere Hundert Menschen belagerten das Rathaus und forderten gleichfalls, den Inhalt des Proviantamts herauszugeben.

Plünderer machten das Vringsveedel unsicher. In der Blockeisfabrik Linde in der Severinstraße, wo sich die Kühlräume der Stadt Köln befanden, überwältigten gegen Mitternacht etwa 150 von einem jungen Mann mit roter Armbinde angeführte Männer und Frauen den Wachtposten. Sie eroberten im Vorderhaus zunächst die Geschäftsräume, dann die Margarinefabrik. Nahezu 20 Zentner stahlen sie. An den schweren Eisentüren der Kühlräume mit den Fleischvorräten scheiterten sie jedoch. Erst gegen 3 Uhr morgens hatte die Polizei die Lage wieder unter Kontrolle. Zwei Plünderer starben dabei.

Das waren die Probleme, mit denen sich die Polizei letzte Nacht herumgeschlagen hatten. Und die Plündereien gingen ja andernorts gerade weiter. Aber gut, die Polizei hatte auch im Kleinen ihre Pflicht zu erfüllen. Also noch einmal für das Protokoll: Wie alt ist Ihre Schwester? 51 Jahre. Wann haben Sie sie letztmals gesehen? Vor etwa drei Wochen. Soso. Und gibt es einen besonderen Grund zur Sorge? In der Ehe geht es gerade nicht ohne Konflikte zu? Soso. Nun gut. Wie heißt der Gatte, wie lautet die Adresse?

So fanden sich Polizeibeamte beim Maschinisten Hugo Geppert in der Mansardwohnung in der Neusser Straße 317 in Nippes ein. Ob er etwas über den Verbleib seiner Gattin sagen könne. Der 55 Jahre alte gebürtige Oberschlesier antwortete ausweichend. Seine Frau habe ihn wohl verlassen. Auf jeden Fall sei sie weg. Weg, aha. Und wohin? Zu seiner Schwester sei sie gereist, grummelte Geppert, nach Breslau. Die Polizisten fanden sein Verhalten merkwürdig. Jedenfalls merkwürdig genug, um Hugo Geppert erst einmal mit auf die Wache zu nehmen. Aber ein Vergehen war ihm nicht nachzuweisen. Gut, seine Frau war verschwunden. Aber was verschwand gerade nicht? Warum also sollte sie nicht vor der Besatzung und ihrem Mann geflohen und ins weiterhin unbesetzte Gebiet nach Breslau ausgebüxt sein? Nein, ohne dringenden Tatverdacht konnte man den Mann nicht festhalten.

Dann jedoch kam der Polizei etwas zu Ohren, was sie stutzig machte. Ungefähr zwei Wochen zuvor sei im Wohnhaus der Gepperts der Abort verstopft gewesen. Der Hauseigentümer habe deshalb einen Klempner herbeigerufen, um im Keller nachzusehen. Er fand mehrere kleinere Stückchen Fleisch, die das Abflussrohr blockierten. Was damit geschehen sei? Der Klempner habe die Fleischstücke in einen Sack gesteckt und zum Schutthaufen am Niehler Kirchweg gebracht. Umgehend machte sich die Polizei auf, um den Sack zu finden. Sie war erfolgreich. Die im Sack enthaltenen Fleischstücke wurden untersucht. Es war Menschenfleisch. Genauer: das Fleisch einer Frau.

Dies rückte auch die Vorgeschichte Gepperts in ein anderes Licht. Zum dritten Mal war er inzwischen verheiratet. Seine erste Ehefrau war wohl eindeutig eines natürlichen Todes gestorben. Die zweite Frau allerdings war vor etlichen Jahren einfach spurlos verschwunden. Schließlich war sie für verschollen und dann für tot erklärt worden. Der Verdacht lag nahe, dass er sie ebenfalls ermordet haben könnte.

Hugo Geppert wurde am Nikolaustag 1918 festgenommen und ins Polizeigefängnis gebracht. Während tags darauf die letzten in Deutz stationierten deutschen Truppen Köln verließen und den britischen Besatzungstruppen wichen, legte Geppert schließlich doch ein Geständnis ab. Er habe mit seiner Frau gestritten. Dabei sei er in solche Wut geraten, dass er sie erschlagen habe. Um die Tat zu verschleiern, habe er die Leiche klein gehackt und die einzelnen Stücke ins Klosett geworfen.

Später revidierte er seine Aussage. Es sei ein Unfall gewesen. Seine Frau sei vom Stuhl auf den Herd gestürzt und dann an den Folgen eines Schädelbruchs gestorben. Warum er sie dann zerstückelt habe? Er habe einfach Angst vor einer falschen Anklage gehabt. Schließlich habe jeder von den Eheproblemen gewusst. Deshalb habe er seine Gattin vorsichtshalber in Stücke geschnitten und die Teile dann in einen Sack getan. Mit dem sei er bis zum Heumarkt gefahren und dann weiter zum Rhein gegangen. Er habe den Sack schließlich in den Fluss geworfen. Was die Polizei im Abflussrohr gefunden habe, das seien bloß die in der Eile zurückgelassenen Stücke gewesen. Die habe er erst nachträglich ins Klosett geworfen.

Der Prozess gegen Hugo Geppert verzögerte sich. Eine Säge aus seinem Besitz sollte durch den renommierten Chemiker Ludwig Loock auf Blut- und Fettspuren untersucht werden. Dieser lebte jedoch in Düsseldorf, und die Post weigerte sich, dieses brisante Paket über die neuen Zonengrenzen hinweg zu befördern. So dauerte es bis Anfang Mai 1919, bis Geppert im großen Schwurgerichtssaal des Justizgebäudes am Appellhofplatz wegen tödlicher Körperverletzung angeklagt und zu sechs Jahren verurteilt wurde. Gepperts brutales Verhalten nach der Tat rechtfertige nur eine Zuchthausstrafe, hieß es in der Begründung. Was mit Gepperts zweiter Ehefrau geschehen war, blieb ein Rätsel.

UNTER FEINDEN

»Liebe Schüler und Schülerinnen!«, begann der Brief von Oberbürgermeister Konrad Adenauer, der am 3. Dezember 1918 in allen Klassen verteilt, in den Tageszeitungen abgedruckt und überall ausgehängt wurde. »In wenigen Tagen treffen fremde Besatzungstruppen in Cöln ein. Da ergeht an Euch die ernste und eindringliche Mahnung, nichts zu tun, was Euch die Feindseligkeit der fremden Soldaten zuziehen kann. Bedenkt, dass hierunter nicht nur Ihr, sondern auch Eure Eltern und Eure Vaterstadt schwer leiden würden. Seid höflich und zurückhaltend! Vergesset nicht, dass Ihr Deutsche seid. Vergesset auch nicht, dass die Besatzung unserer Vaterstadt durch fremde Soldaten eine schwere Zeit, vielleicht die schwerste unseres ganzen Lebens werden wird. Zeigt dieses Merkblatt auch Euren Eltern und allen denen, die Euch nahe stehen, und saget ihnen, dass sich, wer anders handelt, versündigt an dem Andenken unserer Gefallenen, an dem Wohle unseres Volkes und der Zukunft unseres Vaterlandes.« Dass Adenauer sich Sorgen machte, war verständlich. Die Kölner würden bald nicht mehr die Herren in ihrem eigenen Haus sein. Briten würden das Sagen haben. Die ehemaligen Kriegsgegner sollten plötzlich friedlich zusammenleben. Wenn das nur gut ging!

Zwei Tage später, am 5. Dezember, wurde es ernst. Gegen Mittag fuhr eine Kolonne am Rathaus vor. Vorneweg ein Panzerautomobil mit zwei drehbaren Maschinengewehrtürmen. Dahinter ein offener Wagen, in dem, begleitet von drei Offizieren, der britische General Lawson saß. Ihm folgten weitere fünf Panzerautomobile, alle ausgestattet mit Maschinengewehrschützen. Drei Panzerautomobile bezogen Stellung an der Bürgerstraße, drei an der Judengasse, die den Rathausvorplatz absperrten. General Lawson schritt derweil mit drei Offizieren zum Amtszimmer von Oberbürgermeister Konrad Adenauer, wo er sich als Vorgesandter des britischen Armeeoberkommandos vorstellte. Zunächst klärten die Männer kleinere Fragen. Dann ließ General Lawson eine Proklamation der britischen Befehlshaber an die Kölner auf den Tisch legen. Adenauer überflog den Text kurz. Diese Anordnungen müssten, meinte er schließlich, von den Kölnern als Demütigung interpretiert werden. Er sei nicht in der Lage, diese Proklamation verkünden zu lassen. Er könne sich nicht denken, dass ein englischer Offizier Wert auf derartige Bestimmungen legen könne. Noch während Adenauer sprach, schüttelte General Lawson bloß den Kopf. »Ich habe den Auftrag, Ihnen diese Proklamation zu überbringen«, erwiderte er. »Das habe ich getan. Was Sie damit tun, ist Ihre Sache.« Adenauer nahm das Paket und legt es demonstrativ auf den Boden in einer Ecke des Zimmers. »Schließen Sie von mir nicht auf das, was noch kommt«, warnte ihn Lawson. »Betrachten Sie mich als die Vorspeise eines Essens, von der aus man nicht auf das Hauptgericht schließen kann.« Alsdann verließen die Briten das Kölner Rathaus. Konfliktreiche Tage waren vorgezeichnet.

»Die Engländer sind da!«, ging es am Nikolaustag, einem nasskalten Freitag, wie ein Lauffeuer durch die Stadt. Über die Aachener, die Luxemburger und die Dürener Straße trafen sie in der verkehrsreichen Mittagszeit in Köln ein. Stahlbehelmte Reiter, die Pferde schmutzbespritzt. Auch gepanzerte Kraftwagen. Und sogar Radfahrer. Von da an waren quasi überall britische Soldaten. Aufsehen erregten vor allem die Schotten mit ihren Röcken und voranschreitenden Dudelsackpfeifern. Man sah Briten in den Bäckereien und anderen Läden, man sah sie in den elektrischen Straßenbahnen. Die Straßenbeschilderung wurde auf sie ausgerichtet. Sogar die öffentlichen Uhren ließ die Besatzung auf englische Zeit umstellen.

Um die etwa 55.000 Soldaten unterzubringen, konfiszierte das britische Militär Schulen, Fabriken, Hotels und sogar Privathäuser. Selbst Möbel weckten das Interesse der Besatzungsmacht, schließlich wollten die Unterkünfte der Soldaten standesgemäß ausgestattet sein. Im Monopolhotel am Wallrafplatz, beschlagnahmt inklusive des gleichnamigen Kaffee-Restaurants sowie des kompletten Inventars, wurde das Geschäftszimmer des Platzkommandanten, des britischen Militärgouverneurs General Charles Ferguson und seines Stabs, untergebracht. Die Gästezimmer funktionierte das Militär zu Wohnungen um.

Das alles stieß in der Bevölkerung natürlich nicht auf Begeisterung. Aus dem neugierigen gegenseitigen Beäugen wurde schon bald ein spannungsgeladenes Zusammenleben von Kriegsparteien, die bislang nur einen Waffenstillstand, aber noch keinen Frieden geschlossen hatten. Das britische Kriegsgericht im Justizgebäude am Appellhofplatz hatte viel zu tun – zumal immer neue Vorschriften verfügt wurden. Die Kölner Bevölkerung pendelte zwischen Staunen und Widerwillen. Es gab eine Grußpflicht nicht nur gegenüber den englischen Offizieren, sondern auch den englischen Fahnen und der britischen Nationalhymne gegenüber. An den Innenseiten der Haustüren jeden Wohnhauses hatte eine Liste mit den Namen, dem Geschlecht, Alter sowie der Beschäftigung zu hängen und Staatsangehörigkeit aller im Hause wohnenden Personen, die nach Ankunft oder Abgang irgendwelcher

Personen unversehens aktualisiert werden musste. Die Benutzung von Fernsprechern und drahtloser Telegrafie, ja sogar von Brieftauben war verboten. Briefe unterlagen der Zensur. Die Aufnahme von Fotografien im Freien war verboten, nicht einmal Fotoapparate durften öffentlich getragen werden. Eine Ausgangssperre legte den gesamten Verkehr vom frühen Abend bis morgens 7 Uhr lahm. Versammlungen jedweder Art waren ohne schriftliche Erlaubnis der britischen Militärbehörde verboten. Vergnügungslokal durften nur mit schriftlicher Erlaubnis der britischen Militärbehörde geöffnet werden. Und und und. So hatten sich die Kölner den Frieden nicht vorgestellt. Schon bald kam es zu Ausschreitungen und Gewalttaten.

Als Rotlichtmilieu verrufen war das Hafenviertel südlich der Markthalle. Hier, in der Nächelsgasse 3, die vom Holzmarkt an der Rheinaufwerft abging, war die Wirtschaft Beiden. Zwielichtige Kundschaft trieb sich hier üblicherweise herum, darunter etliche Prostituierte. Am ersten Weihnachtstag 1918 verkündeten die Kellner, dass die Polizeistunde gekommen sei. Sie müssten schließen. Ja, so früh, da könne man nichts machen. Die britische Militärbehörde habe das so verfügt. Ausgerechnet etwa 20 britische Soldaten, die sich fern der Heimat gerade prima mit den anwesenden Kölner Dirnen verstanden, fanden das sehr schade. Sie hatten doch hier die Macht. Was fiel den Kerlen ein, sie rauszuschmeißen, wenn es gerade am schönsten war? Es kam zum Streit. Plötzlich standen die Soldaten mit gezogenen Seitengewehren vor den Kellnern. Die wiederum schnappten sich zur Verteidigung Stühle. Zwar löste sich die Situation zunächst wie durch ein Wunder wieder auf.

Nachdem das Lokal schließlich doch mit Mühe und Not geräumt war, ließen die britischen Soldaten ihre Frustration an verschiedenen Fensterscheiben der »Nächelsjass« aus. Der Krach erregte Aufmerksamkeit. Briten randalierten in unseren Straßen? Empörung stellte sich ein. Schnell sammelte sich eine Meute, angesichts deren Übermacht die Soldaten in Richtung Rhein flohen. Die Verfolger rannten allerdings hinterher. Dann fielen Schüsse. Die Arbeiter Anton Weber, der neben der Wirtschaft Beiden wohnte, und Heinrich Höschler brachen getroffen zusammen, der eine war in den Bauch geschossen worden, der andere in die Lunge. Beide starben auf dem Weg zum Bürgerhospital am Neumarkt.

Die Kölner Polizei ermittelte. Aber gegen britische Soldaten konnte sie nichts unternehmen. »Auf Nachfrage, ob der Tatbestand Aufklärung gefunden habe und ob die Täter ermittelt worden seien, teilte mir die britische Militärpolizei am 15. März 1919 mit, die Täter seien nicht ermittelt worden«, berichtete Polizeipräsident Ernst Reinhold Gerhard von Glasenapp am 18. März 1919 dem Kölner Regierungspräsidenten Karl von Starck. Wenn die Täter zur Rechenschaft gezogen wurden, dann hat das in Köln niemand erfahren.

Aber auch die Briten hatten Opfer zu beklagen. Für die Jahreszeit warme 12 Grad herrschten beispielsweise am Freitag, dem 7. Februar 1919, obwohl vielerorts noch Schnee lag. Gegen 20.30 Uhr genossen zwei britische Soldaten, Neuseeländer, am Stammheimer Ufer, etwa 400 Meter von der Mülheimer Schiffbrücke entfernt, den Abend, indem sie mit je einem Mülheimer Mädchen im Arm auf zwei Bänken saßen.

Das Unheil näherte sich in Form von 12 bis 15 jungen Burschen aus Mülheim und Stammheim, die vorher in einer Wirtschaft zusammengesessen hatten. Dort hatte sich der 19-jährige Franz Swoboda, ein in Polnisch-Ostrau geborener Arbeiter, zum Rädelsführer aufgeschwungen. Man wolle am Rheinufer entlang patrouillieren und kontrollieren, dass sich ja keine kölschen Mädchen dazu herabließen, mit Engländern anzubandeln, schlug er lauthals vor. »Wir schneiden dann allen Mädchen, die angetroffen werden, die Haare ab«, verkündete er unter dem Johlen seiner Begleiter, »und wenn sich ein Soldat dem widersetzt, schieße ich ihn über den Haufen.« Damit er das auch in die Tat umsetzen konnte, war

Swoboda schnell noch nach Hause gelaufen, in die Mülheimer Freiheit 81, um sich seinen Revolver zu holen.

Am Stammheimer Uferweg trafen die Burschen bald auf den ersten neuseeländischen Soldaten mit seiner Kölner Bekanntschaft. Swobodas Revolver baumelte verlockend an einem Leibriemen über dem Rock. Trotzdem ließen sie das Pärchen auf seiner Bank unbehelligt. Wer weiß schon, warum. Als sie aber 80 Meter weiter auf die Bank mit dem zweiten Pärchen trafen, musste etwas geschehen, wenn Swoboda sich nicht lächerlich machen wollte. Er trat vor die beiden und verlangte, ja verlangte, dass sie sich entfernen sollten. Der Neuseeländer sah das aber gar nicht ein. Er stand auf und pfiff nach seinem Kameraden, der auch sofort zu ihm hineilte. Einer der Soldaten zog sein Seitengewehr. »Schieß!«, schrie da der 22-jährige Mülheimer Schiffer Christian Roth Swoboda zu. Und Swoboda schoss. Er traf einen der Soldaten in die Brust. Die Deutschen flohen. Die bald darauf eintreffende Ambulanz konnte nur noch die Leiche des Soldaten abtransportieren.

Ermittlungen unter der Leitung von Kriminalkommissar Ignaz Bregenzer führten bereits am folgenden Tag zur Verhaftung von sechs Beteiligten, die der britischen Untersuchungsbehörde und somit der britischen Militärgerichtsbarkeit übergeben wurden. Swoboda und Roth jedoch wurden letztmals mittags am 8. Februar gesehen. Vermutlich waren sie ins unbesetzte Deutschland entflohen. Auch eine ausgelobte Belohnung von 1000 Mark trug nicht zu ihrer Ergreifung bei.

DADAKAMPF GEGEN KAISERKUNST

»Solang noch Unter'n Linden die alten Bäume blühn, kann nichts uns überwinden, Berlin bleibt doch Berlin«. Dieser Schlager wurde Anfang November 1918 täglich im Millowitsch-Theater in der Kölner Schildergasse geträllert. Die Operette *Drei alte Schachteln* stand hier auf dem Programm. Dass »nichts uns überwinden« kann, war auf der Zielgerade des Weltkriegs tröstlich zu hören. Während aber in Deutschland eine ganze Gesellschaftsordnung in ihren spürbar letzten Zügen lag, wollten sich die Kölner lieber ablenken. Sie strömten in die Theater und andere Vergnügungsstätten, die sogar besser gefüllt waren als noch in Friedenszeiten.

Was war nicht alles los an diesem traurigen, verregneten Donnerstag, dem 7. November? Man konnte im Großen Lesesaal Carl Hauptmann, den berühmten Bruder des noch berühmteren Literaturnobelpreisträgers Gerhart Hauptmann, erleben, der eigene Dichtungen vortrug. In der Gaststätte des Hotels Kaiserhof in der Salomonsgasse, nahe der Hohe Straße, war ein neues Varieté gegründet worden. Es lockte mit »Kölns Liebling« Thea Degen als

Hauptattraktion, bekannt aus Filmen wie *Die Dame mit der Maske*. An der Breite Straße, Ecke Auf dem Berlich, standen die Agrippina-Lichtspiele, die den Skandalfilm *Jettchen Geberts Geschichte* zeigten. Den hatte die Zensur für die Jugend verboten. Allein das machte ihn sehr interessant. Oder man konnte sich im prächtigen Opernhaus am Habsburgerring bei Eugen d'Alberts *Tiefland* in die spanischen Pyrenäen am Ende des 19. Jahrhunderts versetzen lassen.

Als kultureller Höhepunkt dieses Donnerstags galt jedoch das Trauerspiel *Der junge König*. Das feierte ab 19 Uhr Uraufführung. Ausverkauft, trotz immerhin über 1800 Plätzen im Schauspielhaus in der Glockengasse. Eine im klassischen Blankvers verfasste Königstragödie hatte der Kölner Schriftstellers Raoul Konen geschrieben, die nicht, wie angekündigt, stolze vier Stunden, sondern geschlagene fünf Stunden und somit bis Mitternacht dauerte.

Es ging um Konradin, den letzten Herrscher aus der Dynastie der Staufer. Der unterliegt 1268 im Krieg um Sizilien seinem Widersacher Karl von Anjou. Als Konradin nun verkleidet die Flucht ergreift, verliebt sich der junge Monarch in diesem Theaterstück in eine Gräfin Lucia Frangipani, ausgerechnet die Gattin eines seiner Erzfeinde. Das führt trotz aller Mahnungen seiner Freunde zu Verzögerungen, wegen derer er schließlich doch noch gefangen genommen werden kann. Als König Konradin am Ende des vierten Akts zum Tode verurteilt wird, ruft die untröstliche Gräfin Lucia verzweifelt aus: »Volk von Neapel, schütze deinen König!« Diese Worte führten zu demonstrativem Beifall beim anwesenden Kölner Publikum.

Während der Pause hatte man sich noch neugierig um die Tageszeitungen geschart, die nach den letzten Nachrichten aus Berlin und Belgien Mutmaßungen über die Zukunft von Kaiser Wilhelm II. anstellten. Der Jubel des Publikums verhinderte natürlich nicht, dass der junge König Konradin enthauptet wurde. Er starb vor eindrucksvollem Bühnenbild. Kein Geringerer als Regierungsbaumeister Carl Moritz hatte es entworfen, inklusive rauchendem Vesuv im Hintergrund. Viele Male rief anhaltender Applaus nach dem Ende des Stücks Autor Raoul Konen auf die Bühne, der mit reichlich Blumen bedacht wurde.

Zwei Tage später, am 9. November 1918, war Kaiser Wilhelm II. zwar nicht hingerichtet worden, aber er hatte abgedankt. »Der Kaiser und König hat sich entschlossen, dem Thron zu entsagen«, wurde allenthalben Reichskanzler Prinz Max von Baden zitiert. Damit war die Monarchie in Deutschland Geschichte.

Nicht aber das Trauerspiel Raoul Konens. Zwar ordnete der Kölner Arbeiter- und Soldatenrat zunächst einige wenige Programmänderungen auf den Bühnen der Stadt an. Die Jesuiten-Zeitschrift *Stimmen der Zeit*, die das Stück als »beste Bühnenliteratur« lobte und in der Seele des jungen Königs das Volk der Dichter und Denker verkörpert sah, fürchtete schon um die Dichtung: »Es wäre schade, wenn der Sturm im Staatsleben sie verschüttete.« Aber keine Angst. Zumindest in der Kunst ging es in Köln zunächst weiter, als wäre nichts geschehen – abgesehen vielleicht von der lästigen Polizeistunde, die diese Briten angeordnet hatten. Schon bald appellierte Schauspielerin Adele Schönfeld als Gräfin Lucia Frangipani in neuerlichen, deutlich früher beginnenden Aufführungen von *Der junge König* erneut, das Volk möge doch bitte seinem blaublütigen Herrscher zu Hilfe eilen.

Keinerlei Verständnis dafür, dass auch nach Kriegsende und Ausrufung der Republik auf Kölner Bühnen weiter monarchistische Blankverse deklamiert wurden, hatte ein 27-jähriger Künstler aus Brühl namens Max Ernst. Schon während er in Bonn studierte, hatte er lieber gemalt und sich mit Künstlerfreunden wie August Macke und Hans Arp im nahen Köln der Vorkriegszeit herumgetrieben. Man fand ihn im Wallraf-Richartz-Museum oder in der *Blaue-Reiter*-Ausstellung im Gereonsclub, bei der *Sonderbundausstellung* am Aachener Tor und bei der *Futuristenausstellung* in Otto Feldmanns Rheinischem Kunstsalon am Hansaring.

All dies wurde jäh unterbrochen durch das, was Max Ernst »die große Schweinerei« nannte. Mit den Worten »Es muss denn das Schwert nun entscheiden« hatte Kaiser Wilhelm II. im Jahr 1914 sein Volk zum Weltkrieg gerufen. »Wir werden uns wehren bis zum letzten Hauch von Mann und Ross.« Das sahen aber nicht alle seine Untertanen so. Aus seinem Freundeskreis habe es jedenfalls niemand eilig gehabt, sein Leben zu opfern für Gott, König und Vaterland, fand Ernst. Hans Arp war Elsässer und musste nach Frankreich zurück. Am 26. September 1914 fiel August Macke im Alter von nur 27 Jahren als Soldat in Frankreich. Max Ernst kam nach vier Monaten Kaserne in Niehl zur Feldartillerie. Schon vier Jahre Krieg hatte er hinter sich, als er bei einem Heimaturlaub Anfang Oktober 1918 mit Luise Straus kriegsgetraut wurde, der Tochter eines jüdischen Hutfabrikanten, die er bei einem Zeichenkurs kennengelernt hatte – beider Eltern waren alles andere als begeistert von dieser Ehe.

Das Kriegsende erlebte Max Ernst, der zwischenzeitlich schwer verwundet worden war, wie eine Wiedergeburt. Er sei am 1. August 1914 gestorben, verkündete er. Zum Leben zurückgekehrt sei er am 11. November 1918 als junger Mann, der hoffe, ein Magier zu werden, um die Mythen seiner Zeit zu finden. Er wurde zu einem Hauptprotagonisten des Dada. Was Dada war? Eine Bombe, erklärte Max Ernst. »Dada war das Resultat von intellektuellem und materiellem Hunger. Dada war eine Explosion, es war eine Katastrophe, es war eine Sabotage an der bürgerlichen Gesellschaft, es war ein Generalstreik der Intellektuellen!« Wie könnte es auch nach diesem Irrsinn weitergehen wie bisher?

Ganz einfach, fand man in Köln. Die Kaiserzeit blieb hier allgegenwärtig. Wer mit dem Zug von Osten in die Stadt kam, fuhr weiterhin über die Hohenzollernbrücke. Diese war immer noch besetzt mit vier Statuen, die preußische Könige und Kaiser hoch zu Ross darstellten. Und der Hauptbahnhof stand natürlich immer noch dort, wo ihn der preußische König Wilhelm IV. stehen haben wollte, genau neben dem Dom. Im und am Dom fanden sich überall Erinnerungen und Plaketten an den Weiterbau und die Fertigstellung der Kathedrale, die die Hohenzollern zum Sinnbild eines unter Preußen geeinten Deutschland stilisiert hatten. Auf dem Augustinerplatz hatte der eiserne Reichskanzler Bismarck nicht aufgehört, sich als Denkmal in Pose zu werfen. Und ein bronzener Preußenkönig Friedrich Wilhelm III. hörte nicht auf, in dankbarer Erinnerung an das Jahr 1815, als Köln preußisch geworden war, auf dem Heumarkt zu reiten.

Und das junge Ehepaar Ernst? Wohnte nun in einem Gründerzeitbau ausgerechnet am Kaiser-Wilhelm-Ring. Der war eingefasst vom Kaiser-Wilhelm-Denkmal im Norden und dem Kaiserin-Auguste-Denkmal im Süden. Im Dachgeschoss der Nummer 14 aber wurden Pläne geschmiedet, wie man dem veralteten Kölner Kunstbetrieb Beine machen könnte.

Als der Schauspieler Otto Sander am 6. Februar 1919 im ausverkauften Rokokosaal des Hotels Disch einen expressionistischen Vortragsabend gestaltete, wurde dieser massiv gestört. Das machte Freude und sorgte für ein bisschen Presse. Was aber sollte man gegen dieses unsägliche monarchistische und patriotische Drama *Der junge König* von Raoul Konen unternehmen? Es konnte doch nicht sein, dass es trotz zwischenzeitlicher Revolution seit der Uraufführung immer wieder gespielt worden war, immer vor zumindest fast ausverkauftem Haus. Dieses ganze Theater selbst, dieser 50 Jahre alte klobige Prunkkasten mit seiner Neorenaissancefassade, seinem falsch schimmernden Gold an den Fauteuils und den Brüstungen der Logen war doch wohl ein verknöchertes Relikt der Kaiserzeit.

Die elfte Aufführung des *Jungen Königs* gab es am 4. März 1919. Ausgerechnet Karnevalsdienstag. Wobei: Seit 1915 war in Köln kein Karneval mehr gefeiert worden. Und auch die Festivitäten 1919 mussten, diesmal auf Geheiß der Briten, ausfallen. Kurz vor Aufführungsbeginn trudelte ein Schreiben in den Redaktionsräumen der Kölner Presse ein, unterschrieben mit »Eine Schar mit künstlerischem Gewissen«: »Zu der Stunde, in der Sie diese Zeilen erhalten, ist im hiesigen Schauspielhause die Aufführung von Raoul Konens *Der junge König* gewaltsam gestört worden«, lasen die Redakteure. »Um Missverständnissen oder Entstellungen vorzubeugen, erkläre ich namens aller Beteiligten, dass es sich weder um einen unangebrachten Fastnachtscherz noch um eine Radauszene, sondern um eine ernsthafte Demonstration handelte. Alle Beteiligten bedauern aufs tiefste, dass sie ein derart wertloses Theaterstück erst durch diese Störungen unmöglich machen konnten.«

Das Schreiben warf der Kölner Theaterleitung und der Mehrheit der Theaterkommission vor, der neuzeitlichen Entwicklung in der Literatur keine Rechnung zu tragen und dafür minderwertige Schauspiele lokaler Größen zu begünstigen. In Köln werde nur aufgeführt, wer einen katholischen Taufschein in der Tasche habe, wie eben Schriftsteller Raoul Konen, dieser »Günstling gewisser reaktionärer Kreise«. Deshalb komme es nun, in diesem Augenblick, im Schauspielhaus zu Protesten. Die Redakteure werden sich gefreut haben. Ein Theaterskandal! Toll! Sofort wurden Reporter losgeschickt.

Tatsächlich tat sich was in der Glockengasse. Vor Beginn der Vorstellung sah man im ersten Rang links Max Ernst und seine Gemahlin Luise Straus-Ernst, die kommissarische Leiterin des Wallraf-Richartz-Museums, wie sie dem ihnen gegenüberliegenden ersten Rang Zeichen gaben. Max Ernst, so berichteten Zeugen, habe Mittel- und Zeigefinger beider Hände wie zum Pfeifen an den Mund gelegt. Kaum hatte sich gegen 16 Uhr der Vorhang gehoben, ertönten von verschiedenen Stellen des Zuschauerraums zunächst eher zaghafte Zwischenrufe, dann gellende Pfiffe. »Das ist ja Mist!«, rief laut eine Männerstimme. Eine andere: »Das ist ein Dreckstück!« »Schmeißt den Verfasser hinaus«, schrie eine Frauenstimme. »Es ist nicht zum Ansehen!«

Doch ebenso vehement forderten andere Teile des Publikums Ruhe. Es kam zu einem regelrechten Wettstreit. Ratlosigkeit machte sich derweil auf der Bühne breit. Immer wieder mussten die Schauspieler unterbrechen – entweder, weil ihnen niemand zuhörte, oder aber, weil man sie nicht mehr hören konnte vor lauter Zwischenrufen. Besonders laut wurden die Missfallensbekundungen, wenn auf der Bühne Worte wie »König« oder »Thron« fielen. Schließlich begann ein Teil der Protestler, ironisch die Nationalhymne zu intonieren. Da ging das elektrische Licht an. Man sah Polizei anrücken. Außerdem erschienen mit den Logenschließern kräftige Männer auf der Bildfläche, die versuchten, die Störer ausfindig zu machen. An einigen Stellen kam es zu gesitteten polizeilichen Festnahmen. An anderen entbrannten wüste Schlägereien. Man sah Störer, die gewaltsam aus dem Zuschauerraum in die Wandelgänge geschleift und dort verdroschen wurden.

Als es dann auf der Bühne weiterging, beließ man den Zuschauerraum voll erleuchtet. So hoffte man, die Zwischenrufer besser lokalisieren zu können. Das verhinderte aber nicht, dass es auch im zweiten Akt Kundgebungen gab. Wieder wurden etliche junge Männer und Frauen gewaltsam von ihren Plätzen entfernt und von den Schutzleuten teils in Ketten abgeführt, begleitet vom stürmischen Jubel anderer Zuschauer. Erst im dritten Akt kehrte langsam Ruhe ein. Der Großteil des Publikums positionierte sich, indem er am Ende eines jeden Akts zu besonders starken Beifallsstürmen ansetzte. Und auch am Ende wogte Applaus auf.

Eigentlich hätte *Der junge König* zwei Wochen später wieder aufgeführt werden sollen. Raoul Konen aber zog sein Theaterstück zurück. Er wolle nicht zu neuen Ruhestörungen auf der Bühne des Kölner Schauspielhauses Anlass geben.

Am 14. Juni 1919 kam es dann vor dem Schöffengericht zum Prozess gegen sechs festgenommene Protestler – Max Ernst und andere später berühmte Namen gehörten nicht dazu. Die Anklage vertrat Staatsanwalt Carl Wiechmann, den Vorsitz führte Gerichtsassessor Josef Heinrich Reinartz. Von den Angeklagten gab sich ein gewisser Karl Sch., ein junger Schauspielschüler aus Köln, vor Gericht besonders kämpferisch. Sein Protest sollte Gewalt gegen Gewalt setzen, meinte er. Er habe von der Minderwertigkeit des Stücks gehört und wie der Dichter Konen gesagt habe, er bringe es so weit, dass das Stück in Köln jede Woche aufgeführt werde. Die zehn Aufführungen, die das Stück bis dahin erlebt habe, seien nur auf Propaganda zurückzuführen. Deshalb habe er bei der Aufführung gepfiffen und gerufen, auch während des Spiels – insbesondere, als die Gegenpartei applaudiert habe. Die fünf anderen Angeklagten, drei Männer und zwei Frauen aus Bonn, gaben zwar zu, dass sie bei den Beifallskundgebungen des Publikums gezischt und gepfiffen hätten, jedoch erst, nachdem andere bereits ihr Missfallen hatten laut werden lassen.

Staatsanwalt Carl Wiechmann argumentierte, dass »Verübung groben Unfugs« schon allein deswegen vorliege, weil die Aufführung durch den Skandal habe unterbrochen werden müssen und es zu Schlägereien gekommen sei. Für Missfallensäußerungen gebe es eine Grenze, und es sei sehr zweifelhaft, ob das Pfeifen bei offenem Vorhang nicht schon eine Störung der öffentlichen Ordnung sei. Weil er aber annehme, dass die Angeklagten zwar mit der Absicht ins Theater gegangen seien, die Aufführung zu stören, dies jedoch aus für sie anständigen Gründen getan hätten, beantrage er lediglich die in den Strafbefehlen festgesetzten Strafen.

Das Gericht urteilte schließlich, dass die Öffentlichkeit zwar ein Interesse daran habe, ungestört einer Theateraufführung beiwohnen zu können, dass aber zumindest die Angeklagten aus Bonn keinen groben Unfug begangen hätten. Als sie gegen die Beifallsäußerungen Partei ergriffen hätten, sei das ihr gutes Recht gewesen. Deshalb wurden sie auch freigesprochen. Anders sei dies jedoch im Fall des Kölner Schauspielschülers. Dieser habe das Maß der Kundgebungen überschritten, habe er sich doch sagen müssen, dass er die unbehelligte Durchführung der Aufführung gefährde.

Weil aber angenommen werden dürfe, dass auch er nur sein künstlerisches Missfallen zum Ausdruck bringen wollte, wurde unter Berücksichtigung mildernder Umstände eine Strafe von 30 Mark für ausreichend erachtet.

Der Stein des Anstoßes selbst, Raoul Konens Theaterstück, wurde zunächst nur noch in geschlossenen Vorstellungen für christliche Gewerkschaften aufgeführt. Anfang 1920 gelangte es aber wieder auf den offiziellen Spielplan des Kölner Schauspiels.

UNTERM LEINTUCH

Wilhelm Schorn war schon lange als gewalttätig bekannt. Das erste Mal war er als 23-Jähriger aufgefallen. In der Nacht vom 29. auf den 30. Oktober 1899, etwa gegen halb eins, war Wilhelm mit seinen drei Brüdern über den Perlengraben an der Weißgerbereckgasse vorbeigekommen, zwischen Wasserturm und Sankt Katharinen. Ein Pulk Jugendlicher stand dort. Nach kurzem Wortwechsel löste sich der Tagelöhner Josef Bell aus der Gruppe. Er ging auf Wilhelm Schorn zu und fasste ihn am Arm. Ob er derjenige sei, mit dem er zuvor schon einmal Streit gehabt hatte? War er zwar nicht, sondern einer seiner Brüder, aber plötzlich hatten sich Bell und Wilhelm Schorn gegenseitig gepackt und prügelten aufeinander ein.

Irgendwann hatte Bell genug. Er riss sich von seinem Gegner los und rannte Richtung Rothgerberbach. Wilhelm Schorn aber stürzte ihm nach, ein Messer in der Hand. Und Schorn war schneller. Der Messerstich traf den flüchtenden Bell in den Hinterkopf. Er blieb eine kurze Weile in gebückter Stellung stehen und hielt sich den Kopf mit beiden Händen. Dann sank er zu Boden. Wilhelm

17. August 1919

Schorn hatte jedoch nicht genug. Das Messer immer noch gezückt, wollte er sich abermals auf den liegenden Bell stürzen. Sein Bruder Mathias konnte ihn gerade noch von weiteren Angriffen abhalten. Sie müssten weg, rief er. Schließlich ergriffen die vier Brüder die Flucht.

Die herbeigerufene Feuerwehr brachte Bell schnellstmöglich ins Bürgerhospital am Neumarkt. Vergeblich. Schon bald nach der Ankunft konnte nur noch sein Tod festgestellt werden. Die Obduktion ergab, dass die Messerklinge Josef Bell von hinten die rechte Wirbelarterie durchtrennt hatte.

Es sei Notwehr gewesen, behauptete Wilhelm Schorn bei der Gerichtsverhandlung im Dezember 1899. Bell habe ihn zuerst angriffen. Auch dieser habe ein Messer gehabt und ihn damit an der Hand verletzt. Außerdem tue ihm die Tat sehr leid. »Schuldig der tödlichen Misshandlungen«, lautete das Urteil der Geschworenen. Sie gestanden Wilhelm Schorn aber immerhin mildernde Umstände zu. Anstatt der fünf Jahre Zuchthaus, die die Staatsanwaltschaft beantragt hatte, erhielt er lediglich vier Jahre Gefängnis.

Seitdem war viel Zeit vergangen. Der Tagelöhner Schorn hatte sich zum Kutscher emporgearbeitet. Er hatte geheiratet und sich wieder scheiden lassen. Und während des Kriegs war auch er Soldat geworden. In der Heimat hatte er mit Ottilie Luise Röseler, geborene Böhmer, angebandelt. Eine Tochter hatte sie aus erster Ehe, Sophia. Ein Jahr lang lebten Schorn und Ottilie in wilder Ehe zusammen. 1917 dann ließen sie sich kriegstrauen. Ihr gemeinsamer Sohn war bereits im September 1916 geboren worden. Nach dem Vater wurde er auf den Namen Willy getauft.

Kurz nach der Trauung musste Wilhelm Schorn wieder in den Krieg. Nach Serbien, wo alles mit den Schüssen von Sarajevo seinen Anfang genommen hatte. »Die Serben sind alle Verbrecher, ihr Land ist ein finsteres Loch«, sang die Kompanie. »Die anderen sind noch viel frecher, aber Dresche, aber Dresche krieg'n sie doch.« Wilhelm Schorn wurde verschüttet und erkrankte an Malaria.

Als der Familienvater zurück in Köln im Lazarett lag, soll ihm erstmals ein Besucher gesteckt haben, dass seiner Frau nicht zu trauen sei. Nicht zu reden davon, dass Ottilie unangemessen viel auf elegante Kleidung halte. Getuschelt wurde vor allem über ihr Verhalten in sittlicher Beziehung. Die Nachbarschaft berichtete ihm bald von diesem, bald von jenem Liebhaber. Auch Engländer seien darunter, trug man ihm zu. Ottilies früherer Ehemann, der Arbeiter Reinold Röseler, erzählte jedem, der es hören wollte, sie sei eine recht unsaubere Person, die nur das Kaffeehaus und das Kino verehre.

Familie Schorn wohnte im Vringsveedel, am Severinswall 24. Je nach Windrichtung wehte ein Hauch von Zucker und Kakao vom »Kamelledom« her, wie die mit Türmen bekrönte Schokoladenfabrik Stollwerck an der Severinsmühlengasse genannt wurde. Der süße Geruch passte so gar nicht zur Stimmung im Haushalt Schorn. Wilhelm warf seiner Frau vor, dass sie sich mit Soldaten abgebe. Ottilie wiederum beschuldigte ihn, dass er zu faul zum Arbeiten sei. Er habe sie deshalb sogar zur gewerbsmäßigen Unzucht aufgefordert, hatte sie Nachbarn berichtet. Besonders schlimm ging es zu, wenn die Eheleute betrunken waren. Am 15. August 1919 eskalierte ihr Streit. Eine geharnischte Auseinandersetzung habe er mit seiner Gattin gehabt, gab Schorn später zu. Frühere Eheirrungen habe er ihr verziehen. Er habe jedoch erklärt, dass dies aufhören müsse. Dann aber habe sein Weib wieder hochaufgedonnert ausgehen wollen. Angeblich zu einem Spaziergang mit ihrer Schwester. Aber er habe der Sache nicht getraut. Ein Wort ergab das andere.

Von Ottiliens Hilfeschreien alarmiert, eilten Hausbewohner herbei. Schorn hatte seine Frau zu Boden geworfen, gewürgt und mit dem Kopf gegen das Bettgestell geschmettert. Blut floss ihr aus Mund und Nase. Die Nachbarn rissen Ottilie aus Wilhelms Händen und nahmen sie mit in ihre Wohnung. Dort brach sie ohnmächtig zusammen. Wieder bei Sinnen flüchtete sie zu ihrem Bruder. Nur weg. Die Kinder jedoch blieben zurück.

Am Sonntag, dem 17. August 1919, habe er lesend in der Wohnung auf dem Bett gelegen, sollte Schon später berichten. Da seien die beiden Kinderchen gekommen, das Mädchen sieben, der Junge fast vier Jahre alt, und hätten ihn um 15 Groschen gebeten. Für den Eintritt ins Hänneschen-Theater. Er habe ihnen das Geld gegeben. Fröhlich seien sie weggegangen. Dann plötzlich habe er einen Malariaanfall bekommen, der ihm den Verstand getrübt habe.

Schon vorher will er nicht selten stundenlang gegrübelt haben, ob er sich nicht am besten selbst das Leben nehmen solle. Was aber, so habe er sich gefragt, werde dann aus den vernachlässigten Kindern? Er könne sie doch nicht in ihrem Elend zurücklassen. Zeugen sollten aussagen, dass er die Kinder schon zuvor während der nicht gerade leisen ehelichen Streitigkeiten ins Spiel gebracht hatte. Er werde die Kinder kaltmachen, soll er Ottilie wiederholt gedroht haben.

Als Sophia und Willy um 17.30 Uhr wieder vom Hänneschen-Theater nach Hause zurückgekehrt waren, briet ihnen ihr Vater Kartoffeln. Nach dem Essen nahm Wilhelm seine Stieftochter auf den Schoß. Hinter ihnen stand der kleine Willy. Ihm schien es wohl, als ob der Vater die Schwester mit Liebkosungen bedachte. Deshalb wartete er, auch als sie heftig zu zappeln anfing, ruhig hinter seinem Vater und sah zu, wie dieser die Siebenjährige erwürgte. Beobachtet vom kleinen Willy, legte Schorn Sophias Leiche behutsam auf das Ehebett. Dann wandte er sich seinem Sohn zu, dessen vierter Geburtstag im kommenden Monat bevorstand, und tat, wie er später sagte, »mit ihm dasselbe wie mit dem Sophiechen«.

Nachdem der Vater seinen Sohn neben die Schwester gebettet hatte, faltete er den beiden Kinderleichen sorgsam die Hände und deckte sie mit einem weißen Leintuch zu. Obenauf drapierte er zwei Blumensträuße. Eigentlich hatte er sich nun mit einem am Bettpfosten baumelnden Leintuchstreifen aufhängen wollen. Er entschied sich jedoch dagegen. Gegen 23 Uhr erwartete er die Rückkehr seiner Ehefrau. An deren Schmerz habe er sich weiden wollen, sagte er später vor Gericht. Also setzte er sich in die Küche und aß erst einmal etwas.

Als Ottilie Schorn spätabends unter dem Schutz ihres Bruders zur Wohnung zurückkehrte, empfing sie der in der Haustür stehende Schorn. Sie solle mit ihm hinaufgehen, meinte er zu seiner Ehefrau, er tue ihr nichts. Gemeinsam durchschritten sie die stille Wohnung. »Da liegen deine Kinder«, sagte Schorn, als sie ins Schlafzimmer traten. »Du hast die Schuld.« Ottilie ging zum Ehebett, schob die Blumen beiseite und schlug das Laken zurück. Darunter fand sie die nebeneinander gebetteten Kinderleichen.

Wieder hörten die Nachbarn Ottilie gellend nach der Polizei schreien. Sie stürmten in die Wohnung. Ottilie lag ohnmächtig zusammengebrochen über ihren toten Kindern. »Hier steht der Mörder«, erklärte Schorn eisig und wies auf seine Brust: »Ruft die Polizei.« Als diese eintraf, ließ sich Wilhelm Schorn ohne Widerstand abführen. Zwei Tage später führte man den Vater zu den beiden toten Kindern, die zur Obduktion bereitlagen. Bei ihrem Anblick brach er weinend zusammen.

Was war das für ein Mensch? Wilhelm Schorn, so führte Gerichtsmediziner Fritz Plempel bei der Gerichtsverhandlung am 23. April 1920, aus, sei ein beschränkter, anspruchsvoller, wenig betriebsamer Mensch. Die größte Sorge habe er um sein eigenes Ich. Er sei vor 20 Jahren auf einer Baustelle von der ersten Etage abgestürzt, was in Verbindung mit seiner Trinkerneigung auf seinen Geist eingewirkt habe. Dennoch sei er voll zurechnungsfähig. Offenbar habe er schon lange Mordgedanken gehegt. Von Schorns Vergangenheit als Soldat schwieg Plempel. Die hatte schließlich quasi jeder Mann seiner Generation.

Ob er denn während der Tat mit den sich heftig sträubenden Kindern kein Mitleid empfunden habe, fragte Schorns Verteidiger, Rechtsanwalt Statz, seinen Mandanten während der Verhandlung. »Im Gedenken an die verwilderten halbverhungerten Kinder kam dieses Gefühl keineswegs«, antwortete Schorn. »Ich musste ihnen oft ein Stück Brot aus dem Lazarett mitbringen.« Dies blieb jedoch nicht unwidersprochen. Fotografien vom Tatort zeigten anständig gekleidete Kinder.

In seinem Plädoyer forderte Staatsanwalt Jakob Dahm die Geschworenen auf, entsprechend der Beweise und Gutachten ihren Urteilsspruch als letzte, harte Konsequenz zu fällen. Verteidiger Statz hingegen nannte die Tat »ein fluchwürdiges, fürchterliches Unglück«. Wer als Vater seine Kinder morde, könne das nur im Wahnsinn tun. Und allein schon die Möglichkeit eines Wahnsinnsakts rechtfertige einen Freispruch. Die Seelen der Kinder bäten um Gnade für den Vater, der von seinem Standpunkt aus ihr Erlöser habe werden wollen.

Die Geschworenen bejahten Vorsatz und verneinten Überlegung. Wilhelm Schorn wurde zu 15 Jahren Zuchthaus verurteilt. Er erkannte das Urteil sofort an.

WEIBSTEUFELMILIEU IN BRÜGGEN

Das hätte heute Abend aber niemand ahnen können. Setzte sich Katharina am 13. Dezember 1919 etwa gesellig, fast schon zärtlich zu ihrem Mann an den Küchentisch? Spielten sie auf ihre Anregung hin gemeinsam Domino? Komisch, dachte Heinrich Josef Gymnich. Wie ungewohnt liebevoll sich Katharina heute um ihn kümmerte. Aber was sollte er Fragen stellen. Er war angenehm überrascht und genoss den Moment. Vielleicht würde ja alles wieder gut. Er ahnte nicht, dass seine Ehefrau ihn nur in Sicherheit wiegen wollte.

Heinrich Gymnich war Grubenarbeiter, wie viele in der Gegend. Nur zwölf Meter tief musste man graben, dann stieß man im Kreis Bergheim schon auf Braunkohle. Bis zu 75 Meter dick war die Schicht, die im Tagebau Ville abgebaut wurde. Mochte auch mittlerweile die britische Militärregierung in der Region das Sagen haben und die Bevölkerung mit ihren teils nur schwer verständlichen Verordnungen und Bußgeldern drangsalieren. Wenigstens ließ sich bei der Vereinigten Ville mit harter Arbeit weiterhin Geld verdienen.

Seit 23 Jahren war das Paar nun verheiratet. Kennengelernt hatten sich Heinrich und Katharina, während sie als Knecht und Magd auf demselben Gutshof arbeiten. Mittlerweile hatten sie zehn Kinder, von denen einige schon wieder eigene Familien gegründet hatten. Dafür war Kaspar Strang Teil des Haushalts geworden. Er war ein sogenannter Kostgänger, der als Untermieter bei der Familie wohnte und gemeinsam mit ihr aß. Mit 27 Jahren war er etwa gleich alt wie der zweitälteste Sohn der Familie.

Dass die 45 Jahre alte Katharina Gymnich ein außereheliches Verhältnis mit diesem Strang hatte, war ein offenes Geheimnis in dem kleinen Ort. Darüber war ihr Gatte natürlich keineswegs entzückt. Nachbarn berichteten von ernsten Vorhaltungen, die Heinrich seiner Frau wegen der Beziehung gemacht habe, und dass es deswegen auch schon zu schweren Differenzen zwischen den beiden gekommen sei, gipfelnd in handgreiflichen Zurechtweisungen des betrogenen Ehemanns. Trotz allem ließ Katharina nicht von Strang ab. Stattdessen wuchs in ihr ein glühender Hass auf ihren Gatten. Schließlich stand die Entscheidung fest: Ihr Mann musste weg. Gemeinsam mit ihrem Sohn, dem Handlanger Josef, und Kostgänger Kaspar Strang begann sie, Mordpläne zu schmieden. Mit der Aussicht darauf fiel es ihr leichter, gute Miene zum bösen Spiel zu machen und mit Heinrich Domino zu spielen.

Beschwingt von der Hoffnung, dass es mit dem ehelichen Frieden bergauf gehe, verabschiedete sich Heinrich Gymnich tags darauf, am 14. Dezember 1919, zur Arbeit. Ja, es war Sonntag, aber das interessierte doch die Kraftwerke nicht. Deren Turbinen wollten ständig mit Kohlen gefüttert werden. Bei seiner Rückkehr am Abend würde Gymnich arglos in die Falle tappen. Der letzte Tag seines Lebens hatte begonnen.

Als der Vater müde nach Hause kam, waren bis auf Josef alle seine Kinder ins Kino gegangen. Unwirsch registrierte Heinrich Gymnich, dass sein Sohn ihn um Geld für einen neuen Herd anging. Er fragte nicht zum ersten Mal. Immer wieder hatte Heinrich abgelehnt, immer wieder hatte es daraufhin Streit gegeben. Darauf hatten Katharina und ihr Sohn Josef gesetzt. Sie hatten sich nicht verkalkuliert. »Ich habe dafür kein Geld«, grummelte Gymnich. Neuer Herd! Der alte funktionierte doch noch. Eine Neuanschaffung würde es mit ihm nicht geben. Da brach Josef in wüstes Schimpfen aus. Erst wurde es auf beiden Seiten laut. Dann begann die handgreifliche Auseinandersetzung. Vater und Sohn packten sich gegenseitig und wälzten sich teils auf dem Fußboden, teils auf dem Bett umher.

Während des Ringkampfs eilte Katharina aufgeregt hinaus. Sie kehrte mit einem bereitgelegten Strick in der Hand ins Haus zurück. Vorsichtig näherte sie sich und warf die Schleife schließlich behände um den Hals ihres Mannes. Dann zog sie mit beiden Händen zu. Und sie ließ nicht los. Heinrich Gymnich strampelte und röchelte. Einmal rappelte er sich noch auf. Schließlich jedoch sackte er zu Boden. Im Fallen schlug sein Kopf auf die Kante des Backofens. Reglos lag Heinrich Gymnich am Boden. Kein Atem. Kein Herzschlag. Katharina beäugte den Körper argwöhnisch. Schließlich war sie davon überzeugt, dass ihr Ehemann tot war. Da versetzte sie dem Leichnam etliche Fußtritte.

Mutter und Sohn hievten die Leiche hoch und schleppten sie keuchend auf den Hof. An einer Leiter hängten sie den toten Körper auf. Da baumelte er. Katharina folgte daraufhin ihren anderen Kindern ins Kino. Josef Gymnich aber ging nach Türnich, wo er seit der Hochzeit im vergangenen März mit seiner Frau wohnte. Hier erreichte ihn tags darauf eine Botschaft der Mutter: Er müsse schnell kommen. Sein Vater habe Selbstmord begangen.

Selbstmord stand auch auf dem Totenschein. In Brüggen und Umgebung aber war die Vorgeschichte allzu bekannt. Natürlich wurde getuschelt. Das Wort »abmurksen« fiel. Man erinnerte sich an böse Reden der Ehefrau, die plötzlich in ganz neuem Licht erschienen. Und war es nicht pietätlos, wie Katharina Kaspar Strang nachstellte? Gerade erst hatte sie ihren toten Mann im Hof vom

Strick geschnitten, da stellte sie schon in aller Öffentlichkeit ihrem Kostgänger forsch nach. »Als ob nichts geschehen sei, holte sie ihn gestern aus einem Hause heraus«, raunten Nachbarn.

Schließlich wurden die Gerüchte so laut, dass sie von offizieller Seite nicht mehr ignoriert werden konnten. Eine neuerliche Obduktion wurde angeordnet. Und dieses Mal fielen verschiedene verdächtige Verletzungen auf. Die Polizei witterte den Mord. Die Indizien verfestigten sich. Schließlich nahm der Sohn die Schuld auf sich. Später gestand auch die Mutter. Heinrich Gymnich habe aber mit dem Streit begonnen und zuerst angegriffen, sodass es Notwehr gewesen sei.

Vor allem aus der Bergheimer Gegend rekrutierte sich das Publikum, das gekommen war, um der Verhandlung am Appellhofplatz beizuwohnen. Bei den Plädoyers war der Andrang so stark, dass erstmals seit der Zeit vor dem Krieg auch die Logen wieder besetzt waren. In anderthalbstündiger Rede zeichnete Staatanwalt Albrecht Wandesleben das Bild eines »Weibsteufelsmilieus«. Das Grauen erfasste alle Anwesenden im Saal angesichts des seltenen Maßes von verbrecherischem Willen, den Wandesleben schilderte. Es sei das schwerste Verbrechen gegen die allgemeine Moral und die allgemeinen rechtlichen Anschauungen geschehen, so schlimm, dass es sich ein Schauderromanschriftsteller in wilder Fantasie nicht ärger hätte ausdenken können, führte Wandesleben aus. Schließlich sei doch der Ermordete Gatte und Vater gewesen.

Die Geschworenen hielten es für nicht erwiesen, dass alles so minutiös geplant gewesen sei. Sie sprachen Mutter und Sohn nach anderthalbstündiger Beratung am 8. Februar 1921 um 23 Uhr nur des Totschlags schuldig. Allerdings ohne mildernde Umstände. Katharina Gymnich wurde zu 15 Jahren Zuchthaus verurteilt. Ihr Sohn Josef bekam zehn Jahre im Zuchthaus in Rheinbach. Kostgänger Kaspar Strang war eine Beteiligung am Mord nicht nachzuweisen. Er wurde freigesprochen.

PORNOGRAFIE IM BRAUHAUS WINTER

Da hatten sich mit Max Ernst und Johannes Theodor Baargeld zwei gefunden. Eigentlich hieß Letzterer ja Alfred Ferdinand Gruenwald und war Spross aus gutbürgerlichem Hause. Sein Vater Heinrich Leopold Gruenwald war der Generaldirektor der Kölnischen Rückversicherungs-Gesellschaft. In dessen Villa in der Goethestraße 66 in Marienburg wohnte Kriegsheimkehrer Alfred angenehm, während er sich Gedanken über die Vorzüge des Marxismus machte. Zuweilen gab es familiäre Konflikte, aber dann verschwand er einfach zu seinem Bruder Heinrich in die Breite Straße.

Als sich Ernst und Baargeld trafen, seien sie beide »dada-bereit, noch halbbetäubt vom Kriegsgeheul, und angeekelt von seinen Ursachen« gewesen, berichtete Max Ernst später. Sie arbeiteten zusammen bei der Wochenschrift *Der Ventilator*, die erstmals im Februar 1919, genehmigt von den Briten, für 20 Pfennige zu kaufen war. Dass das Blatt auf juristisch heiklem Terrain wandelte, war allen Beteiligten klar – warum sonst waren alle Beiträge nur mit typografischen Zeichen oder Pseudonymen gezeichnet?

20. April 1920

Doch nur, um Nachstellungen zu entgehen. Dass er die Zeitschrift finanzierte und herausgab, verschwieg Baargeld diskret. Weil aber irgendjemand mit seinem richtigen Namen als Verantwortlicher genannt sein musste, hielt als Schriftführer ein gewisser Joseph Smeets her. Das Redaktionsbüro war dann auch in dessen Wohnung untergebracht, Perlengraben 80–84, und somit über dem Lokal *Gerberhaus*, dem Stammlokal der Unabhängigen Sozialdemokratischen Partei Deutschlands, der USPD, in der sich Smeets und Baargeld engagierten.

Bereits im März 1919 wurde der *Ventilator* von der britischen Militärbehörde wegen seiner sozialistischen Tendenzen wieder verboten. Egal. Musste man sich eben zurückziehen in diese kleine, altmodische Dachgeschosswohnung des vornehmen Hauses am Kaiser-Wilhelm-Ring 14, in der Max Ernst und Luise Straus-Ernst gemeinsam wohnten, und neue Pläne schmieden. Das »Dadahaus«, wie es Max Ernst liebevoll taufte, war Treffpunkt revolutionärer Künstler wie Johannes Theodor Baargeld. Aber auch Hans Arp, André Breton, Paul Éluard, Paul Klee und Kurt Schwitters waren hier zu Gast.

»Die günstige Lage unserer Wohnung, vermutlich auch unsere Personen hatten uns ganz von selbst zum Mittelpunkt dieses Kreises junger Künstler und Kunstfreunde gemacht, die nun in endlosen Gesprächen eine neue Welt aufzubauen dachten, dabei zahllose Zigaretten rauchten und unentwegt Tee tranken«, schrieb Luise Straus-Ernst später in ihren Erinnerungen: »Ein Glück, dass wir 24 Tassen hatten. Sie waren alle ständig ›in Betrieb‹.« Sehr zum Leidwesen des Hausbesitzers Adolf Barthelmae, einem ebenfalls im Haus wohnenden Zahnarzt und Spezialisten für Zahn- und Kieferregulierungen. Der, so sollte der 1920 geborene Sohn Jimmy Ernst später berichten, ärgerte sich über »das Boheme-Gesocks, das da seine Treppen hinauflief und das die ganze Nacht über aufblieb, wahrscheinlich, um den nächsten Schritt zur Auslieferung des Vaterlandes an die Roten auszuhecken«.

Max Ernst aber war vor allem an der Revolutionierung der Kunst interessiert. Und er hatte gerade ein Erweckungserlebnis hinter sich. Jetzt wusste er, wie der Wahnsinn der Gegenwart in Kunst zu fassen sein könnte. »An einem Regentag in Köln am Rhein erregt der Katalog einer Lehrmittelanstalt meine Aufmerksamkeit«, berichtete Ernst. Fasziniert vom absurd anmutenden Nebeneinander von Elementen so verschiedener Natur fühlte er sein »Sehvermögen plötzlich so gesteigert, dass ich die neu entstandenen Objekte auf neuem Grund erscheinen sah«. Fortan interessierte er sich für die Collage, »die systematische Ausbeutung des zufälligen oder künstlich provozierten Zusammentreffens von zwei oder mehr wesensfremden Realitäten auf einer augenscheinlich dazu ungeeigneten Ebene«.

Diese neue Kunst wollte Ernst nun der Welt präsentieren. Er traf auf Unverständnis. Im November 1919 sollten er und Baargeld eigentlich mit Beiträgen für eine Ausstellung im Kölner Kunstverein am Wallrafplatz vertreten sein. Die Gesellschaft der Künste wollte einen Überblick über die fortschrittliche Kunst des Nachkriegsrheinlands geben. Als aber der Gründer dieser Gesellschaft, Karl Nierendorf, sah, was Ernst und Baargeld da eingereicht hatten, legte er sein entschiedenes Veto ein. Das könne man niemand zumuten. Bevor es zum Eklat kam, fand der Leiter des Kunstvereins, Walter Klug, eine salomonische Lösung. Am Eingang der Ausstellung wies nun ein Schild darauf hin, dass die Dada-Exponate nichts mit dem Rest zu tun hätten. Selbst getrennte Plakate und Kataloge gab es. Das Dada-Plakat und der Dada-Katalog namens *Bulletin D* wurden kurz nach Erscheinen vom britischen Militär als anarchistisches Propagandamaterial beschlagnahmt. Und zur Dada-Kunst schrieb ein Kölner Kritiker, es würde ihn nicht wundern, wenn »das Publikum in gerechtem Zorne eines Tages eine solche Ausstellung zusammenschlagen würde«.

Nicht besser lief es bei der juryfreien Ausstellung, die die Arbeitsgemeinschaft Kölner Künstler im Frühjahr 1920 im Lichthof des

Kunstgewerbemuseums am Hansaring organisierte. Vor der Eröffnung streifte in diesem Fall Karl Schäfer, der erst zum 1. April aus Lübeck nach Köln berufene neue Museumsdirektor, an den Exponaten entlang. Als er sah, was Baargeld und »Dadamax« so an Montagen und Skulpturen vorbereitet hatten, packte ihn das blanke Entsetzen. Das könne er nicht verantworten. Hier war kein Kompromiss möglich. Schäfer ließ die seiner Meinung nach anstößigen Werke noch vor der Vernissage entfernen.

Damit machte er sich Ernst und Baargeld natürlich nicht zu Freunden. Was aber sollten die jungen Künstler tun? Dadamax und Baargeld ergriffen selbst die Initiative. Baargeld verfügte ja über die notwendigen finanziellen Mittel. Sie mieteten einfach einen anderen Lichthof, nämlich den des Brauhauses Winter in der Schildergasse 37. Die am 20. April 1920 eröffnete Parallelausstellung *Dada-Vorfrühling* sollte eine Provokation auf ganzer Linie sein. Zur Vernissage rezitierte ein kleines Mädchen im weißen Kommunionskleid obszöne Gedichte. »Man läuft im Hinterhaus einer kölnischen Kneipe durch die Türe auf einen alten Ofen«, beschrieb ein Rezensent der *Kölnischen Volkszeitung* seinen Eindruck, »links hat man die Aussicht auf aufeinandergetürmte Wirtshausstühle, rechts erst geht die Kunst an. (Mein Begleiter hielt den Anblick links für den schöneren.) Anfangs ist der Raum etwas dunkel, sodass man den auf rot gedruckten Katalog nicht lesen kann; doch wird es rechts um die Ecke heller; dafür regnet es einem aber hier auf den Kopf, sodass der vollendete Rundgang immerhin mit einigem Heroismus verbunden ist.«

Ein Werk von Baargeld bestand aus einem mit gefärbtem Wasser gefüllten Aquarium, auf dessen Boden ein Wecker lag. Aus dem Wasser ragte eine hölzerne Frauenhand heraus, während an der Oberfläche eine Frauenperücke schwamm. Max Ernst wiederum präsentierte unter anderem eine wie ein Hampelmann aussehende angebliche Monumentalplastik aus Hutschachteln, Hutpressformen und gedrechselten Balustern, die er auf eine Staffelei montiert hatte. Zu identifizieren war hierbei deutlich ein hervorragendes männliches Geschlechtsteil. Das erklärte dann auch den Titel, einen unverhohlenen Seitenhieb auf Direktor Schäfer, der die Dada-Arbeiten in absolutistischer Machtfülle aus der Ausstellung im Kunstgewerbemuseum entfernt hatte: *Ein lustgreis vor gewehr schützt die museale frühlingstoilette vor dadaistischen eingriffen (l'état c'est MOI!)*. Viele fragten sich: Was soll das? Den unterbreiteten Vorschlag, das Publikum möge ihm nicht gefallende Kunstwerke einfach mit einer Axt zerstören, setzten viele in die Tat um. Die Künstlergruppe wiederum ersetzte alles, was zerstört, gestohlen oder mit Erlaubnis mitgenommen wurde, durch neue Werke.

Dann allerdings tauchte die Polizei auf und ließ die Ausstellung schließen. Was war geschehen? Manche munkelten, die Polizei habe vermutet, bei der Ausstellung handele es sich um Werbung für ein Homosexuellen-Bordell. Andere sahen in jenem Tobsuchtsanfall den Auslöser, den ein nervenkranker Besucher bei der Besichtigung erlitten hatte. Dann aber trudelte die Anklageschrift ein und verriet, dass die dadaistische Kunst wegen Pornografie und Betrugs vor Gericht landete. Der Staatsanwalt war ausgerechnet ein Onkel von Max Ernst.

Bei der Verhandlung wurde zunächst ein ausgestelltes nacktes Paar als pornografisch angeprangert. Schnell konnte Max Ernst beweisen, dass es sich dabei um eine Kopie von Albrecht Dürers Stich *Adam und Eva* handelte. Dieser Vorwurf ließ sich also nicht aufrechterhalten. Und warum sollte es sich bei der Ausstellung um Betrug handeln? Weil, so die Anklage, hier zwar Eintrittsgeld für die Betrachtung von Kunstwerken kassiert, aber keine Kunst gezeigt werde. Die Angeklagten konnten jedoch nachweisen, dass sie selbst nie Kunst versprochen, sondern stets zu einer Dada-Ausstellung eingeladen hatten.

Kurze Zeit später war die Ausstellung wieder eröffnet. »Dada siegt«, jubelten Ernst und seine Mitstreiter. Trotzdem kam es ihretwegen zum Bruch zwischen Max Ernst und seinem Vater Philipp.

Die Kölner Zeit von Max Ernst endete kurz darauf. Er ließ seine Frau Luise und seinen Sohn Jimmy zurück, während er selbst 1922 nach Paris auswanderte. Johannes Theodor Baargeld wandte sich vom Dada ab. Er wurde wieder zu Alfred Ferdinand Gruenwald und widmete sich einerseits dem Bergsteigen, andererseits dem Studium der Volkswirtschaft, das er 1923 mit der Promotion abschloss. Thema: Die Entwicklung der deutschen privaten Lebensversicherungsproduktion während des Krieges. Er starb mit nur 35 Jahren, als er im August 1927 beim Bergsteigen auf dem Mont Blanc in ein Unwetter geriet. Er liegt auf Melaten.

ENDE EINER HAMSTERFAHRT

Es war gegen 16 Uhr am 18. Juni 1920, als ein Fuhrmann unterwegs nach Flittard meinte, in einem Haferfeld an der Militärringstraße bei Stammheim eine schlafende Frau liegen zu sehen. Er dachte sich nichts dabei und fuhr weiter. Hatte sich eben jemand im warmen Wetter etwas zur Ruhe gelegt. Als er dann aber nur etwa 50 Meter weiter abseits des Wegs auch noch eine herrenlose Damenhandtasche entdeckte, dämmerte ihm ein schrecklicher Verdacht. Der Fuhrmann kehrte um. Die junge Frau, die da ungefähr 120 Meter von der Düsseldorfer Chaussee entfernt lag, war tot. Sie mochte zwischen 20 und 25 Jahre alt sein. Ein tiefer Schnitt ging vom Halswirbel zur linken Halsseite, mitten durch die Halsschlagader. Eine weitere Wunde klaffte an ihrer linken Schläfe. Weil weder an der Leiche noch in der Handtasche Papiere zu finden waren, tappte die Polizei zunächst im Dunkeln, wer die Frau war. Immerhin meldeten sich schon bald Zeugen, die sie wiedererkannten und einige Stunden zuvor in Begleitung eines etwa 25-jährigen Mannes gesehen haben wollten. Die Spur führte schließlich nach Bochum.

Gut ein Jahr zuvor hatten sich weder die Eltern noch die Geschwister von Gertrud Knauf sonderlich begeistert über deren Zukunftspläne gezeigt. Auf schriftlichem Wege hatte sie den Zechenheizer Heinrich Vollmari aus Bochum kennengelernt. Allen Mahnungen zum Trotz, doch bitte nicht so unbedacht eine Ehe einzugehen, ließ sie sich nicht von ihren Heiratsplänen abbringen. Männer waren rar nach den Verlusten des Weltkriegs.

Gertrud dürfte ihre Entscheidung allerdings schnell bereut haben. Vollmari misshandelte sie in brutaler Weise. Er drohte nicht nur wiederholt, sie zu töten. Vor Gericht sollten Gertruds Brüder von mehreren konkreten Mordversuchen erzählen, etwa durch Chloroform, durch Gas und durch Ersäufen in einem Wasserkübel. Dabei wurde Gertrud allenthalben als treue, fleißige und gewissenhafte Frau beschrieben. Sie habe ihrem Ehemann keinen Anlass gegeben, sich über sie zu beklagen. Möglich, dass Gertruds Brüder, wie sie vor Gericht aussagen sollten, wirklich geplant hatten, die Schwester von ihrem furchteinflößenden Mann wegzuholen, da das Verhältnis doch zu einer Katastrophe habe führen müssen. In die Tat umgesetzt wurde der Vorsatz nicht.

Das Ehepaar lebte in Bochum, das kurz nach der Hochzeit vom Ruhraufstand erschüttert wurde. Im März 1920 hatte es den rechtsgerichteten sogenannten Kapp-Lüttwitz-Putschversuch gegen die junge Weimarer Republik gegeben, hinter dem die Brigade Ehrhardt steckte. Vor allem dank eines Generalstreiks der Arbeiterschaft war er gescheitert, aus dem heraus sich im Ruhrgebiet die sogenannte Rote Ruhrarmee formierte. Dann aber hatte jene Reichsregierung, die panisch aus Berlin hatte fliehen müssen und nur durch eben diese Arbeiter gerettet worden war, die Ruhrarmee nach gebannter Gefahr blutig niederschlagen lassen. Kanonenschüsse und Maschinengewehrsalven hatten das Ruhrgebiet erschüttert. Und mittendrin in diesem Bürgerkrieg, mitten in Bochum, versuchten die Vollmaris, ihre Ehe zu retten. Was waren das für Zeiten?

Als Silberstreif am Horizont wird Gertrud den Vorschlag ihres Gatten aufgenommen haben, eine Hamsterfahrt vom aufgewühlten Bochum ins ruhigere, britisch besetzte Köln zu unternehmen. Dieses hatte sich vom bemitleideten Besatzungsgebiet plötzlich nach Ansicht vieler zur Insel der Seligen gewandelt. Die Briten sorgten hier mit der routinierten Souveränität der Kolonialmacht für Recht und Gesetz. Die Vollmaris wollten in der Metropole am Rhein nicht nur ihre Vorräte auffüllen. Zusammen wollte das Ehepaar auch einmal in romantischer Zweisamkeit die schöne Stadt bei Nacht genießen. Das Wetter war schon seit geraumer Zeit so schön.

Natürlich war auch in Köln der Mangel der Nachkriegszeit spürbar. Das Kölsch hatte stark an Ansehen eingebüßt, weil wegen Malzmangels nur ein recht dünnes Bier gebraut werden konnte. Den Vollmaris aber schien zu schmecken, was es am Rhein zu trinken gab. Nach reichlichem Bier- und Weingenuss schlug Heinrich vor, doch einfach zu Fuß den Schwiegervater besuchen zu gehen, einen Bahnbeamten in Küppersteg. Was solle der ganze Familienärger. Er wolle sich mit diesem aussöhnen.

Man sah das Ehepaar noch gemeinsam den Rhein überqueren. Eigentlich war Mülheim im Zuge seiner Eingemeindung nach Köln eine neue Brücke versprochen worden. Aber woher das Geld nehmen? So gingen Gertrud und Heinrich über die zwölf Meter breiten Planken der altersschwachen Mülheimer Schiffbrücke. Eine Brücke aus zweiter Hand. Gebraucht war sie vor 30 Jahren von Mainz hierhergekommen und schwamm wie aus der Zeit gefallen auf dem 20 Grad warmen Flusswasser.

Dann jedoch, so berichtete Vollmari später im Verhör, sei seine Frau im Alkoholrausch sehr streitsüchtig geworden. Oder hatte er es so geplant? Jedenfalls zog er aus seiner Hintertasche eine Browning. Ein Knall. Vollmari hatte Gertrud niedergeschossen. Das reichte ihm aber nicht. Er beugte sich zu seiner Frau hinunter, die mit Kopfschuss auf dem Boden lag, und schnitt ihr mit seinem Taschenmesser die Kehle durch. »Sowohl die Kopf- als auch die

Halswunde waren jede für sich tödlich«, berichtete Medizinalrat Fritz Plempel, der die Obduktion durchgeführt hatte, beim Prozess am Appellhofplatz.

Vollmari ging zurück nach Köln. Von der Mülheimer Schiffbrücke warf er sein Taschenmesser in den Rhein. In der Trankgasse verkaufte er den Revolver. Dann schrieb er mit verstellter Handschrift eine an ihn selbst adressierte Ansichtskarte, die er mit dem Namen seiner Frau unterzeichnete. Sie gehe, so hieß es auf der Karte, mit ihrem früheren Liebhaber auf eine Spritztour nach Bonn.

Der 23 Jahre alte Vollmari mied seine Wohnung in Bochum etwa zwei Wochen lang. Als er schließlich doch am 3. Juli heimkam, wartete dort schon die Polizei auf ihn. Sie fuhr ihn nach Köln und sperrte ihn in den Klingelpütz.

Die gefälschte Karte überzeugte niemand. Mit den Indizien konfrontiert, gab Vollmari dann schnell zu, seine Frau ermordet zu haben. »Das Motiv zur Tat dürften dauernde Ehestreitigkeiten gewesen sein, deren Ursachen auf sexuellem Gebiet gelegen haben«, heißt es im Bericht des Kölner Polizeipräsidenten Paul Runge. Bei der zweitägigen Gerichtsverhandlung Ende September 1921 bestritt der Angeklagte dann aber doch wieder, irgendetwas mit der Bluttat zu tun zu haben. Gestanden habe er zwischenzeitlich nur, weil ihm sein Rechtsanwalt versichert habe, dass er dann billiger wegkomme.

Die Anklage zeigte sich nicht überzeugt und plädierte auf Mord. Vorbereitung und Ausführung der Tat seien genau durchdacht gewesen. Bei einer Affekthandlung hätte der Angeklagte seiner Frau nach dem Schuss nicht noch mit seinem Taschenmesser den Hals durchgeschnitten. Weil Vollmari die Tat leugnete, plädierte auch sein Rechtsanwalt in erster Linie auf Freispruch. Sollte man aber doch zum Urteil kommen, Vollmari habe seine Frau getötet, dann beantrage die Verteidigung, nur Totschlag anzunehmen, da in diesem Falle der Halsschnitt nur eine nachträgliche Tat gewesen sei, um die Tatsachen zu verdunkeln.

18. Juni 1920

Die Geschworenen erkannten auf Mord und verurteilten Vollmari zum Tode. Der Angeklagte, der bis dahin sehr selbstbewusst aufgetreten war, brach daraufhin fassungslos zusammen. Von einem Justizwachtmeister geführt, wankte er aus dem Gerichtssaal. Das Todesurteil wurde nicht vollstreckt.

FINKS WERT

Welch einen symbolträchtigen Wechsel gab es 1919 an der Spitze der Kölner Polizei! Fast schon blaublütig zu nennen war der bisherige Amtsinhaber, der abtrat: Polizeipräsident Ernst Reinhold Gerhard von Glasenapp, der Sohn von Ida Maria Freiin Senfft von Pilsach und dem preußischen Gutsbesitzer und Mitglied des Preußischen Herrenhauses Reinhold von Glasenapp, Schwiegersohn des verstorbenen ehemaligen Kultusministers und Reichstagspräsidenten Gustav Konrad Heinrich von Goßler. Er ging wohl nicht ganz freiwillig. Die linke Presse hatte ihn zuletzt als »Hortwächter der alten Zeit« kritisiert, der »nicht ganz aus den Überlieferungen des alten Obrigkeitsstaates herausgekommen« sei.

Sein Nachfolger? Der Sohn eines Kassenboten. Der 42 Jahre alte gebürtige Berliner Paul Runge hatte in der Kaiserzeit eine politische Karriere in der Sozialdemokratischen Partei gemacht. Mit 28 Jahren war der gelernte Maler und Lackierer hauptberuflicher Parteisekretär der SPD in Bochum geworden. Ab 1911 übte er diese Funktion in Köln aus. Er genoss hohes Ansehen in seiner Partei.

Bei der Novemberrevolution war er zu einem der Vorsitzenden des Arbeiter- und Soldatenrates ernannt worden. Und nun saß Runge also in seinem Büro im Polizeipräsidium in der Krebsgasse und nahm mit gerunzelter Stirn den Bericht von Polizeiwachtmeister Lambrichs zur Kenntnis.

Dieser hatte in der Nacht vom 3. auf den 4. August 1920 in Deutz Streifendienst gehabt. Gegen 0.30 Uhr waren ihm in der Nähe der Mülheimer Straße britische Soldaten entgegengekommen. Dann hatte es einen lauten Knall gegeben. Die Soldaten hatten aus etwa 50 Metern Entfernung einen Schuss auf ihn abgefeuert. Warum? Das wisse er auch nicht, versicherte Lambrichs. Glücklicherweise wurde er auch nicht getroffen. Dafür aber kurze Zeit später der 39 Jahre alte Heinrich Fink, wohnhaft in der Windmühlenstraße 150 in Mülheim. Auf ihn schossen die Soldaten, als sie vor dem Haus Mülheimer Straße 1 herumstanden. Warum? Keine Ahnung.

Fink war sofort tot. Verfolgt von Lambrichs, waren die Soldaten davongerannt. Vier Schüsse hatten sie während ihrer Flucht nach hinten abgegeben. In der Siegesstraße waren sie dann über die Mauer des früheren Proviantmagazins geklettert und entkommen. Und jetzt? Ob es Polizeipräsident Runge gefiel oder nicht, ihm waren die Hände gebunden. Die Verfolgung britischer Straftaten fiel nicht in seine Zuständigkeit. Also blieb ihm nur, bei offiziellen Stellen zu protestieren und seinen Vorgesetzten, Regierungspräsident Philipp Brugger, zu informieren. »Die britische Militärbehörde ist benachrichtigt«, meldete Runge am 5. August 1920. »Zwei britische Offiziere sollen sich der Sache sofort angenommen haben, auch eine Durchsuchung vorgenommen haben, die aber erfolglos blieb.«

Danach? Stille. Dann aber teilte die britische Militärpolizei doch noch am 29. August 1920 mit, zwei Soldaten namens Duggan und Patterson seien wegen dringenden Mordverdachts festgenommen worden. Eine bei Patterson gefundene Armeepistole habe dasselbe Kaliber wie die bei der Tat benutzte. Am 22. September 1920 kam es dann vor dem britischen Militärgericht zum Prozess – allerdings nicht öffentlich. Was dabei herauskam? Keine Ahnung. Bis Ende Oktober dauerte es, bis Polizeipräsident Runge Regierungspräsident Brugger Neues melden konnte. Die beiden angeklagten britischen Soldaten seien inzwischen aus der Haft entlassen und anscheinend freigesprochen worden, schrieb Runge angefressen. Genaueres über das Urteil sei leider nicht in Erfahrung zu bringen.

Was für eine frustrierende Situation. Dann wieder Stille. Endlich ließ der Bevollmächtigte der Kölner Vertretung der Hohen Interalliierten Rheinlandkommission am 24. November 1920 lapidar wissen, »dass Gunner R. Patterson vom Kriegsgericht wegen der Ermordung am 22. September vernommen wurde, aber freigesprochen wurde. Seitdem ist kein weiteres Beweismaterial herbeigebracht worden, welches zur Feststellung der Person und Überführung derselben in Zusammenhang mit dieser Angelegenheit führen könnte.« Und jetzt?

Die deutsche Justiz konnte nicht tätig werden. Da Gerechtigkeit nicht herzustellen war, verlegte man sich auf Linderung des Verlusts. »Ich ersuche um umgehenden Bericht über die Vermögens- und Familienverhältnisse des getöteten Metzgers Fink«, bat Regierungspräsident Brugger am 8. November 1920 das Polizeipräsidium. »Hinterlässt er bedürftige Angehörige? Und welcher materielle Nachteil ist den Angehörigen durch den Tod des Fink etwa erwachsen?« Der getötete Heinrich Fink sei von seiner Frau geschieden, lautete die Antwort. Unterstützt worden war seine ehemalige Gattin nicht von ihm. Zudem war die Ehe kinderlos geblieben. Fink hatte allerdings bei seinem 80-jährigen Vater gewohnt, Johann Fink. Da die Mutter schon lange tot war und es keine weiteren Geschwister gab, hatten die beiden Männer den Haushalt gemeinsam geführt.

Der gelernte Metzger Heinrich Fink war als Arbeiter im Marmorwerk Illgen in Dellbrück beschäftigt gewesen, wo er wöchentlich um die 300 Mark verdient hatte. Von diesem Geld hatte er dem

Vater immer 60 Mark abgegeben. Das war auch notwendig. Zwar war der Vater Eigentümer des Hauses Windmühlenstraße 150, dessen Wert auf etwa 50.000 Mark geschätzt wurde, wobei noch eine Schuld von 5000 Mark auf der Immobilie ruhte. An Mieteinnahmen brachte das Haus jährlich aber nur 2400 Mark ein – zu wenig, um den Lebensunterhalt des greisen Vaters zu sichern. Da der Sohn wiederum außer seiner Arbeitskraft nichts besessen hatte, taxierten die Behörden den materiellen Verlust des Vaters durch die ausbleibende Unterstützung auf etwa 3000 Mark im Jahr.

Diese Rechnung ließen Runge und Brugger den britischen Behörden zukommen. Und tatsächlich erklärten sich diese zu einer finanziellen Entschädigung bereit. Im Februar 1921 erhielt Vater Fink für seinen toten Sohn 11.700 Mark.

KARTOFFELKRIEG IN KNAPSACK

Wer Köln hinter sich ließ und über die Luxemburger Straße gen Südwesten lief oder mit der Vorgebirgsbahn Richtung Hermühlheim fuhr, bemerkte bald rechts die gewaltige Rauchwolke, die ständig über Knapsack hing. Vor nicht allzu langer Zeit war dies hier noch eine dörfliche Gegend gewesen. Inzwischen hatte aber die Industrie Einzug gehalten und die Landschaft umgewälzt. Der Boden war für den Braunkohletagebau aufgerissen worden. Riesige Kamine ragten über 100 Meter empor, dazu etliche Schornsteine und Kaminkühler, die das Goldenbergwerk des Rheinisch-Westfälischen Elektrizitätswerks zu beiden Seiten einrahmten. Gewaltige Dampfturbinen erzeugten hier den so bitter benötigten Strom. Sie mussten von etwa Tausend Arbeitern in drei Schichten ununterbrochen mit Braunkohle gefüttert werden. Die große Maschinenhalle ließ ringsum Boden und Luft erzittern. Gewaltige Starkstromleitungen transportierten die Energie auf riesigen Masten gen Köln. Überall in der Luft, auf den Gebäuden, auf jedem Baum und Strauch war Asche und Braunkohlestaub.

28. Oktober 1920

Alle waren sich einig, man habe die Katastrophe damals kommen sehen. Man habe sich nur die Arbeiter ansehen müssen, die in Massen zu den Fabriken hin- und wieder wegpilgerten, in zerrissener und schmutziger Kleidung, die Gesichter von Mühe und Entbehrung gezeichnet. Hunger herrschte nämlich immer noch im Herbst 1920. Auch zwei Jahre nach Kriegsende mangelte es an Elementarem. Etwa dem Hauptnahrungsmittel: Kartoffeln. Mit großen Augen schauten die Arbeiter der Fabriken außerhalb der Stadt auf die voll beladenen Fuhrwerke örtlicher Bauern, die stadteinwärts zogen. Wer garantierte denn, dass all die Lebensmittel an die richtige Adresse kamen, während man selbst hungerte, weil Kartoffeln schon lange nur noch über Beziehungen zu bekommen waren? Dass sich in Köln nicht einfach die Reichen die Bäuche vollschlugen, während der eigene Magen knurrte? Die eigenen, sorgsam rationierten Kartoffeln reichten höchstens noch für drei Wochen. Und dann? Wie konnte man so mit ihnen umspringen? Stünden in Köln und Umgebung nicht alle Räder still, gingen nicht alle Lichter aus ohne die Braunkohlenschätze des Vorgebirges, die Kraftwerke und die dort malochenden Arbeiter? Die Brennstoffversorgung für die Industrie und die Bevölkerung war doch ohnehin desolat, abgeschnitten vom Rest des Reichs. Hatte man sich mit seinen Leistungen nicht wenigstens einen halbwegs gefüllten Bauch verdient?

Brachiale Selbsthilfe griff um sich. Arbeiter hielten an der Luxemburger Straße, in Lindenthal oder an der Straße nach Bergheim stadteinwärts fahrende Landwirte an und nahmen ihnen ihre Ware zwangsweise ab – immerhin zumeist gegen Bezahlung der vom Wuchergericht festgesetzten Preise. Damit sollte nun aber, so wollte es die Stadt, ab dem 26. Oktober 1920 Schluss sein. Seitdem bewachte ein starkes Polizeiaufgebot alle großen Kölner Zufahrtsstraßen.

Das half jedoch nicht gegen die Wut und Enttäuschung, die in der Arbeiterschaft brodelte. Welche teils hochfahrenden Hoffnungen hatte sie noch in den Revolutionstagen 1918 gehabt. Man hatte sich an der Macht gewähnt, als sich am 8. November eine bunte Menge am Neumarkt versammelt hatte: Trupps feiernder Arbeiterinnen und Arbeiter, außerdem Soldaten, deren Waffen unbrauchbar gemacht worden waren, teils mit roten Blumen im Knopfloch, die Abzeichen von Mützen und Uniformen gerissen, Deserteure und Jugendliche. Überall hatten rote Fahnen geweht. Und mittendrin die allseits gefeierten Kieler Matrosen, die am Tag zuvor angekommen waren, nicht selten stark alkoholisiert.

Hatte da Gouverneur Kruge nicht bei der SPD angerufen und gefleht, sie möge ihr Möglichstes tun und die Leute beruhigen? SPD-Politiker Wilhelm Sollmann hatte auf dem Neumarkt erneut eine umjubelte Rede gehalten, die mit dem Ruf schloss: »Es lebe die sozialistische Republik!« Anschließend hatte er im Rathaus Oberbürgermeister Konrad Adenauer aufgesucht. Dieser hatte zwar in seinem Leben bereits mehrere Amtseide auf den Kaiser abgelegt, doch an jenem 8. November 1918 hatte er dem Arbeiter- und Soldatenrat überraschenderweise sofort den Schlachten- und den Muschelsaal im Rathaus zur Verfügung gestellt. Nicht nur das, auch Telefone, Schreibmaschinen, Schreibkräfte, Papier und Lebensmittel hatten die Revolutionäre bekommen. Die Arbeiterklasse war in der Schaltzentrale der Macht angekommen.

Doch zwei Jahre später war Ernüchterung eingekehrt. Die Macht hatten immer noch vornehmlich die Amtsträger des alten Systems. Die alten Polizisten ebenso wie die in der Kaiserzeit vereidigten Richter und Anwälte verrichteten weiter ihren Dienst. Als die Briten nach Köln gekommen waren, hatten sie den Arbeiter- und Soldatenrat nicht anerkannt. Letzte Reste waren im März 1919 aufgelöst worden. Immer noch hatte das Militär, nun eben das britische, das Sagen. Immer noch waren Lebensmittel rationiert. Und immer noch sahen die Arbeiter sich als die Verlierer der Verhältnisse. In Knapsack schufteten sie in den Fabriken und entkamen nicht einmal in der Freizeit der allgegenwärtigen Asche in der Luft.

Man hätte ahnen können, dass sich die Unzufriedenheit der hungrigen Arbeiter irgendwann Bahn brechen würde. Am 28. Oktober 1920 verbreitete sich unter den Beschäftigten der Stickstofffabrik in Knapsack das Gerücht, dass zwei Fuhrwerke, voll mit Kartoffeln beladen, den Ort durchqueren würden. Vorfreudig stellten sie Posten im Wald auf, die sich auf die Lauer legten, um die Ware zu beschlagnahmen.

Die Bauern auf ihren Karren bekamen allerdings Wind davon, dass sie erwartet wurden. Da fiel ihnen die nahe gelegene Försterei Villenhaus bei Liblar ein. Ein Förster war uniformiert und galt immer noch als eine Art Repräsentant der Staatsgewalt. Da könnten sie bestimmt Zuflucht finden. Also flohen die Bauern mit ihren Wagen zur Försterei, wo ihnen der alte Hegemeister Grunow tatsächlich Schutz gewährte. Doch das blieb nicht unentdeckt. Kaum hatten die Bauern den schützenden Hof erreicht und das Tor geschlossen, stürmten schon Menschen mit lautem Gebrüll auf das Forsthaus zu. »Heute bleibt keine Pfanne auf dem Dach, heute gibt es Sturm!«, riefen sie. Die hungrige Menge belagerte das Forsthaus, presste sich an die Zäune und forderte, eingelassen zu werden.

Zu ihrem Entsetzen mussten die Insassen der Försterei sehen, wie schließlich das Tor dem Angriff der Masse draußen erlag und eindrückt wurde. Der alte Förster Grunow sah die Knapsacker Arbeiter auf sich einstürmen und wusste nicht aus noch ein. Da eilte ihm sein Neffe, ein junger Staatsförster aus Siegburg, der zufällig zu Besuch war, mit Revolver und Flinte zu Hilfe. Wie sich aber der Übermacht erwehren? Der Onkel hatte sich noch gescheut, auf die ihm bekannten Gesichter zu schießen. Der Neffe feuerte jedoch Schrotschüsse in die Menge. Eine Ladung traf den Schlosser Paul Dünnwald aus Hürth. Vor den Augen seiner Mitstreiter brach er blutend zusammen. Die Angreifer wirkten geschockt und zogen sich etwas zurück, um nicht Ziel der nächsten Salve zu werden.

Die lauten Schüsse waren nicht ungehört geblieben. »Der Förster hat Leute an die Wand gestellt und erschossen!« Dieses Gerücht machte in Windeseile die Runde. In kurzer Zeit stand die nahe Fabrik fast vollkommen leer, und eine aufgebrachte Menge von mindestens 200 Personen sammelte sich um das Forsthaus. Draußen versuchten zwei Ingenieure, die Leute zu beschwichtigen, doch vergeblich. »Lasst uns das Forsthaus einfach abfackeln!«, tönte es von mehreren Seiten. Die Förster sahen sich mit allen möglichen Geschossen bombardiert. Auch Pistolen sollen von der Arbeiterschaft gezückt worden sein.

Da sich der offene Hass vornehmlich gegen den jungen Staatsförster Grunow richtete, der geschossen hatte, riet man diesem dringend zu fliehen. Es gebe da ein Seitenpförtchen am Forsthaus. Wenn er Glück habe, könne er da hindurch heimlich davonschleichen. Also stahl er sich, begleitet von einem Gendarm, davon und versuchte, unbemerkt in Richtung Wald zu entkommen. Der Fluchtversuch blieb aber nicht unentdeckt. Eine Menschentraube löste sich aus der Meute, die inzwischen auf etwa 400 Personen angewachsen war, und jagte hinter den Uniformierten her. Der Abstand wurde immer kleiner. Förster und Polizist schossen verzweifelt nach hinten, auf ihre beständig näher kommenden Verfolger, bis einer von ihnen auf einem Fahrrad die beiden einholte, sich auf den jungen Grunow stürzte und ihm sein Gewehr aus den Händen rang.

Gegen diese Übermacht war kein Ankommen. Nicht nur traktierten die Arbeiter die Uniformierten mit Knüppeln und Fußtritten. Die Menge riss ihren Opfern auch, wie während der Novemberrevolution, die Achselstücke der Uniformen und die Bändchen des Eisernen Kreuzes ab. Man erklärte die Delinquenten für verhaftet und schleppte sie vorbei am Forsthaus, von wo man auch den alten Förster mitnahm, zum Verhör vor die 20 Mitglieder des Arbeiterrats in die Knapsacker Fabrik.

Die Uniformierten wurden gezwungen, die rote Fahne zu tragen. »Lump«, »Schwein« oder »Ihr gehört baumeln« und »In den Karbidofen mit euch vollgefressenen Hunden«, brüllte dabei die aufgebrachte Belegschaft. Andere bestanden darauf, dass alles geregelt ablaufen solle. Und der Schreiner Meisen herrschte die Uniformierten an: »Hier ist der Betriebsrat! Was der beschließt, geschieht!« Tatsächlich wurde sogar ein Sitzungsprotokoll geführt. Nach drei bis fünf Stunden war man offenkundig ratlos, wie es weitergehen sollte. Schnell wurden die beiden Förster noch fotografiert, damit sie, sollte der angeschossene Dünnwald sterben, nicht unerkannt fliehen könnten. Dann wurden die Gefangenen auf freien Fuß gesetzt.

Nun aber schritt der Staat ein. Verhaftet wurde nicht etwa der junge Förster, der geschossen hatte, sondern der angeschossene Dünnwald, ebenso ein Elektriker, dem vorgeworfen wurde, sich bei der Misshandlung der Förster besonders hervorgetan zu haben. Als Kaution wurde die stolze Summe von 10.000 Mark festgelegt. Die Knapsacker Arbeiter sammelten jedoch und bekamen das Geld zusammen, sodass die beiden Inhaftierten im Februar 1921 wieder freikamen. Dann wurde der Schreiner Meisen als geistiger Urheber des »Kartoffelkriegs« ins Visier genommen und festgenommen. Zuletzt kam noch ein weiterer Arbeiter in Haft, der nicht nur Schießbaumwolle, Zünder und Dynamit, sondern auch eine russische 1000-Rubel-Note bei sich getragen und somit verdächtig gemacht hatte.

Sieben Personen klagte Staatsanwalt Jakob Dahm schließlich am 13. April 1921 wegen Landfriedensbruchs vor dem Kölner Schwurgericht an. Die Verhandlung fand unter maximalen Sicherheitsvorkehrungen statt. Britische Soldaten ritten beständig um das Justizgebäude am Appellhofplatz herum. Der Sitzungssaal wurde von 25 deutschen Polizeibeamten gesichert. Um hineinzugelangen, genügte es nicht, sich nur vorher auszuweisen. Das Publikum und selbst Zeugen und Angeklagte hatten sich teils strengen Leibesvisitationen zu unterziehen. Der Prozess hatte bereits mit einer ersten Darlegung des Sachverhalts begonnen, da unterbrach der Präsident die Verhandlung nochmals, um sicherheitshalber ein weiteres Mal die Papiere der Anwesenden überprüfen zu können.

Schon zu Beginn des Prozesses sorgte der junge Staatsförster Grunow für Aufregung. Nachdem er versicherte, nicht nur er sei mit einer Schusswaffe ausgerüstet gewesen, sondern fast alle Arbeiter hätten ebenfalls mit Revolvern geschossen, begann er, als er von der Belagerung des Forsthauses erzählte, zum allgemeinen Erstaunen zu schluchzen. Das war nicht das Bild, das man von einem Vertreter der Obrigkeit hatte. Und es ging noch weiter. Überhaupt sei er, klagte Grunow, durch die Geschehnisse derart angegriffen, dass er bis auf den heutigen Tag nur stundenweise Dienst tun könne. Ja, war der Mann denn nicht im Krieg gewesen? Da entließ man ihn lieber und ging zum nächsten Punkt auf der Tagesordnung über.

Was war also passiert, und wer war wofür schuldig? Eine Menschenmasse hatte das Forsthaus bestürmt. Wer von ihnen war aber nun Rädelsführer und wer nur Mitläufer gewesen? Ein Belastungszeuge nach dem anderen vermochte es nicht, aus den vielen Gesichtern, die ihm vorgeführt wurden, die Angeklagten eindeutig als Täter zu identifizieren. Eine aufgehetzte Masse sei es gewesen, sagte der alte Hegemeister aus, woraufhin ein Angeklagter erwiderte: »Wir sind nicht aufgehetzt, sondern aufgeklärt! Diese jungen Leute sind unsere Kollegen und unsere Stütze!« Ein anderer rief: »Hier herrscht kein Preußentum, hier herrscht Sozialdemokratie!« Nur mit Mühe konnte der Präsident wieder Ruhe im Saal herstellen. Langsam erregte der Prozess seinen Ärger. Im Kaiserreich war das alles einfacher gewesen. Und jetzt zankte sich der alte Förster auch noch mit einem Angeklagten, der, als Grunow ihn schwer belastete, rief: »Der Zeuge bleibt nicht bei der Wahrheit, so war ein Gott lebt, und ich ersuche, ihn wegen Meineids zu fassen!« Ruhe!

Zumindest dass Dünnwald vor Ort gewesen war, ließ sich ja durch seine erlittene Schussverletzung nachweisen. Aber warum, so fragte die Verteidigung, war er überhaupt angeklagt? Gerade er sei doch ein solider Mann, der stets das mäßigende Element gewesen sei. Dünnwald sei es doch gewesen, der versucht habe, alle zu beschwichtigen, versicherten diverse Entlastungszeugen. »Geht heim, was ihr tut, ist Unsinn!«, habe Dünnwald geschrien, bevor ausgerechnet ihn der Schuss traf. Gut, Dünnwald also nicht. Aber bei den anderen Angeklagten ging es zum Entsetzen der Anklage so weiter. Ein Entlastungszeuge nach dem anderen berichtete von deren untadeligem Charakter. Überhaupt hätten sich fast alle Angeklagten im Krieg sehr löblich hervorgetan.

Als wiederum ein anderer Zeuge erzählte, wie er die Geschehnisse als Unbeteiligter erlebt hatte, und für Heiterkeit sorgte, indem er berichtete, wie er schnell fortgegangen sei, als ihm jemand auf die Füße getreten sei, sprang der junge Förster auf und rief: »Wenn er dabei war, ist er auch schuldig. Kein Unschuldiger war da. Ich stelle Strafantrag!« Woraufhin Rechtsanwalt Carl Buhr schnell versuchte zu beschwichtigen: »Aber bitte, der Mann war doch nur Zuschauer gewesen. Diese und andere Zeugen werden nicht beeidet.« Es wurde immer unübersichtlicher.

Der Fabrikarbeiter Joseph Meyer aus Mechernich war angeklagt, weil er angeblich jener Mann auf dem Fahrrad gewesen war, der laut Aussage des jungen Grunow ihm sein Gewehr aus den Händen gerungen hatte. Aber war er es wirklich? Ein Oberfeuerwerker von den Knapsacker Werken wurde vor Gericht richtiggehend laut, als er fast bissig seine Aussage bekräftigte, nicht Meyer, sondern ein Gendarm habe dem Förster die Flinte weggenommen. Auch Meyer betonte, er habe den Förster lediglich nach seinem Namen fragen wollen, damit er wegen der Verletzung von Dünnwald gerichtlich belangt werden könne.

Nun wurde es dem Präsidenten zu bunt. Meyer habe aber doch weder Recht noch Grund gehabt, den jungen Förster nach seinem Namen zu fragen, polterte er. Das sei Sache der Polizei gewesen. »Der junge Förster war unbekannt, der Alte konnte dessen Namen verschweigen«, entgegnete Meyer. »Die beiden Grunows lügen, und am Jüngsten Tage wird es ihnen leidtun, so geschworen zu haben. Ein anderes Gericht wird die Wahrheit ermitteln.«

Die nächsten Zeugen gingen noch einen Schritt weiter. Der junge Förster sei doch an allem schuld, meinten sie. Ohne seinen Schuss wäre die Sache nicht so eskaliert. Da schaltete sich der Präsident erbost ein: »Glauben Sie denn, die Arbeiter hätten aus Nächstenliebe so gehandelt? Würden Sie sich stoßen und schlagen lassen und sich nicht wehren?«

Jetzt war der Präsident offenkundig mit seiner Geduld am Ende. Er formte die Verhandlung langsam um zu einer Anklage gegen alle Fabrikarbeiter, die vor Ort waren. Und dann zu einem Prozess gegen die Arbeiterschaft und den Sozialismus. Ob sie denn überhaupt ohne Weiteres in hellen Haufen aus der Fabrik hatten laufen können, fragte er die Zeugen. Ob das nicht in einer Stickstofffabrik hätte gefährlich werden können? Man lief eben allgemein weg, war die lapidare Antwort. Was sollte man darauf sagen?

Und was meinte dieser andere Zeuge? Die Arbeiter seien wegen des Kartoffelmangels eben sehr erbost gewesen. »Was nützt die Preisfestsetzung, wenn keine Ware vorhanden ist?« Das war zu viel. »Es ist ein Irrtum«, polterte der Präsident, »dass die Kartoffeln für reiche Leute gewesen sind. Es ist bewiesen, dass sie für Arbeiter bestimmt waren.« Da meldete sich auch noch ein Geschworener und fragte, ob denn die Wegnahme der Kartoffeln rechtswidrig gewesen sei. Was für eine Frage. »Hier liegt glatter Straßenraub vor«, erklärte der Präsident. Aber die Arbeiter hätten doch nur dasselbe getan wie die von der Regierung ausgeschickten Leute. »Jene Räuber sind doch nicht vergleichbar mit Hilfsbeamten des Staates, die mit Ausweisen vorgingen«, widersprach der Präsident lebhaft. »Ich bin als Präsident des Wuchergerichtes gegen Wucher, aber noch schärfer gegen Selbsthilfe, die alles in Grund und Boden richtet.«

Alle waren erleichtert, als der unübersichtliche Prozess seinem Ende zuging. Zum Abschluss hielt Staatsanwalt Jakob Dahm noch eine flammende Rede. Ganz im Sinne des Präsidenten führte er aus, dass gewöhnlich zu viel Wert auf die Frage der Einzeltäterschaft gelegt werde. Nicht der Einzelne brauche Gewalttätigkeit verübt zu haben. »Es genügt der Anschluss an eine Menge, die Gewalttätigkeiten verüben will«, argumentierte Dahm. »Es genügt zur Bestrafung, dass die Schar sich um den Kopf des Täters vermehrt hat. Auch hier am Forsthause stützte sich der eine auf den anderen. Kein Einzelner würde gewagt haben, sich an den gut bewaffneten Förstern zu vergreifen. Zu verurteilen ist also auch der, der keine Gewalt betätigt hat. Alle, die an dem Kartoffeltreiben irgendwie beteiligt waren, sind eigentlich Mittäter.«

Erst nachdem er fast mitleidig auf die Verblendung zu sprechen kam, der die politisch aufgehetzte Arbeiterschaft anheimgefallen sei, und die beiden Förster als völlig glaubwürdig bezeichnete, ging er auf die persönliche Schuld derjenigen ein, die auf der Anklagebank saßen. »Dünnwald ist der Rädelsführerschaft, des schweren Landfriedensbruches schuldig. Meisen trug ihm auf, auf Kartoffeltransporte zu spähen. Er war von Anfang an Vorposten. Meisen ist der Satan gewesen, und wenn heute gewissenlose Hetzer Arbeiter an den Abgrund gelockt haben, so ist Meisen der Hauptschuldige.« Auch bei Fabrikarbeiter Joseph Meyer, der dem jungen Förster sein Gewehr entrissen habe, helfe kein Achselzucken: »Schade wäre es, wenn gerade er freikäme.«

In seinem Plädoyer wetterte Dahm gegen diese »nette Arbeiterbewegung«, die nichts sei »als rohes Rowdytum, Vollführer von Räuberstreichen, Verbrechertum, das gen Himmel stinkt. Die Hintermänner sind bis jetzt nicht zu fassen gewesen und werden vielleicht nicht zu fassen sein. Das sind die Urheber der Zustände, dass heute Leute, die vollkommen ihr Auskommen hatten, zu Hunderten und Tausenden arbeitslos sind und am Hungertuche nagen müssen. Die Angeklagten sind Opfer noch gewissenloserer Hetzer, als sie selbst sind.« Schließlich plädierte Dahm aber dann doch selbst für mildernde Umstände. »Einmal wegen der bisherigen Unbescholtenheit beziehungsweise Unbestraftheit der Angeklagten.« Vor allem aber, weil er sie zu Opfern der Umstände erklärte und sie nicht zu Märtyrern ihrer Bewegung machen mochte: »Ein Zuchthausurteil möchte gewissen Leuten agitatorisch willkommen sein. Das ganz schwere Urteil würde eine Waffe in deren Hand sein, die schlimmer und bedenklicher wirken würde wie der Umstand, wenn wir uns gewisser Mäßigung befleißigen.«

Rechtsanwalt Buhr hingegen forderte den Freispruch für die meisten der Angeklagten. Die seien doch aus bloßem Zufall aus der Vielzahl der Menschen am Tatort herausgefischt worden. Nach drei Verhandlungstagen und einstündiger Beratung verkündeten die Geschworenen am 15. April 1921 gegen 16 Uhr ihr Urteil: Nicht schuldig zwar für Dünnwald und einen weiteren Angeklagten, bei vier weiteren aber schuldig wegen schweren Landfriedensbruchs, bei Meyer wegen einfachen Landfriedensbruchs. Strafmildernd sei jedoch, dass sie Opfer versteckter Agitatoren seien, die man nicht zu identifizieren und vor Gericht zu stellen vermocht hatte. So erhielten die Verurteilten für den Knapsacker Kartoffelkrieg Gefängnisstrafen zwischen neun Monaten und zwei Jahren.

OBST UND VERBRECHEN

Magda Brückner galt als flotte Frau. Aber auch als rücksichtslos. Schielke lautete ihr Nachname, als sie 1881 in Bussin zu Welt gekommen war, einem etwa 350 Einwohner zählenden Dorf in Westpommern. Um den Tod ihres ersten Mannes kursierten Gerüchte. Magda beteuerte, ihre Ehe mit dem Schreiner August Kaufmann sei glücklich gewesen. Aus dem Umfeld gab es aber ganz andere Stimmen. Deshalb wurde getuschelt, als man den Kaufmann im Januar 1914 am gemeinsamen Wohnsitz in Mainz-Kastel erhängt auffand. Selbstmord, lautete die offizielle Todesursache. Etwas anderes war jedenfalls nicht nachzuweisen.

Magdas zweite Ehe mit dem Händler Peter Brückner war geschieden worden. Das Gericht hatte sie zur Alleinschuldigen erklärt. Ehebruch habe sie begangen, ihren Mann bestohlen und denunziert. Im Winter 1918 zog Magda Brückner zu ihrem Bruder nach Köln. In Zeiten des Mangels widmete sie sich hier dem Obsthandel. Und dessen Zentrum war die 1904 nach dreijähriger Bauzeit eingeweihte Hauptmarkthalle südlich vom Heumarkt. Ein beein-

7. Dezember 1920

druckendes Gebäude. Mit 7500 Quadratmetern das nach dem Hauptbahnhof ausgedehnteste Bauwerk der Stadt. 70 Häuser und somit ein ganzes Altstadtquartier am Thurnmarkt hatten weichen müssen – in hygienischer Hinsicht eine Verbesserung, wie allenthalben geurteilt wurde.

Wie ein historistischer dreischiffiger Prunkbau ragte die Halle 22 Meter in die Höhe. An der Hauptfassade zum Sassenhof hin prangten Wappen, Inschriften und Ornamente. Das Wort »Markthalle« war an der Spitze des Mittelbogens eingemeißelt. War man aber eingetreten, entdeckten die Besucher einen Palast moderner Ingenieurskunst, getragen von einem mächtigen Metallskelett und durch oberes Seitenlicht erhellt. Galerien durchzogen in über sechs Metern Höhe das Gebäude. Sogar einen eigenen Eisenbahnanschluss gab es hinten am Paradiesgässchen.

Diese moderne Hauptmarkthalle war allerdings auch der Grund, warum altehrwürdige Marktplätze wie der Alter Markt oder der Heumarkt einen großen Teil ihrer Bedeutung verloren. Während der Obst- und Gemüsemarkt seitdem hauptsächlich überdacht abgewickelt wurde, entwickelte sich vor allem der Heumarkt mit all seinen Seitenstraßen zunehmend zum Sammelpunkt für Schieber, Schmuggler, Diebe und Prostituierte. Wer Geld hatte, konnte hier fast alles kaufen: Seife, Schirme, Ringe, Uhrketten, Fahrräder, Wäsche aller Art, Mützen, Hüte, Gummimäntel, Zangen, Schuhe, Spitzen, Strümpfe, Bestecke, Pfeifen, Bürsten, Nähgarn, Porzellan, Ledergamaschen, Bettzeug und vieles mehr. Und vor allem gab es hier auf dem Schwarzmarkt manchmal Lebensmittel – Weizenmehl, Käse, Schokolade, Eis oder Kognak.

Woher die Sachen kamen? Ja, wer fragte denn danach? Wer konnte in diesen Zeiten darüber räsonieren, dass hier auch oder sogar vor allem verbotene Waren und Diebesgut angeboten wurden, von unverzollten Zigaretten und Zigarren bis hin zu geklauten Hunden? Ganz Köln strömte dankbar zum Heumarkt. Ein bisschen Naserümpfen über das Milieu gehörte dazu.

Hier hatte die 39-jährige Magda Brückner nun Elisabeth Bremm kennengelernt. Sie war 15 Jahre älter und stammte aus Eupen. Die Frauen kamen gut miteinander klar. Gut genug jedenfalls, um gemeinsam einen Obststand in der Markthalle zu betreiben. Die beiden älteren Kinder der vierfachen Mutter Bremm sollen dagegen gewesen sein, dass sie mit der Brückner zusammenarbeitete. Sie trauten ihr nicht. Aber was kümmerte das die Bremm? Wem konnte man am Heumarkt schon trauen? Alle hatten Hunger, alle wollten überleben. Ja, wenn man nur noch Geschäfte mit unbescholtenen Bürgern machen wollte, dann kam man so kurz nach dem Krieg nicht weit. Irgendwer musste für das Geld sorgen. Und Niklaus, Bremms Mann aus zweiter Ehe, lag schon seit Monaten im Augustahospital.

Die Polizei stand der Unterwelt, die hier am Heumarkt entstanden war, weitgehend hilflos gegenüber. Offiziell durften nur Händler mit Genehmigung des Polizeipräsidiums ihre Waren auf dem Wochenmarkt feilbieten. Aber die Stadt hatte sich mittlerweile mit den Gegebenheiten abgefunden und den gesetzlich eigentlich unzulässigen Straßenhandel weitgehend gebilligt. Vor allem, damit die Straßenhändler nicht die verkehrsreichen Hauptstraßen verstopften, hatte man angefangen, gegen Gebühr Standplätze auf dem Heumarkt zu vermieten – sehr zum Unmut der hiesigen Ladenbesitzer, die die billigere Konkurrenz fürchteten.

Noch problematischer war das sogenannte Dirnenwesen. Hier pochte die britische Besatzungsbehörde auf energisches Eingreifen. Die Führungsriege des Militärs hatte in den Prostituierten ein Gesundheitsrisiko für die fern der Heimat weilenden Soldaten identifiziert – Geschlechtskrankheiten grassierten. Razzien gestalteten sich jedoch herausfordernd. Die Prostituierten entkamen einfach im Straßengewirr zwischen Rhein und Heumarkt. Und war die Polizei dann doch einmal einer habhaft geworden, dann lauerte das nächste Problem: Wohin mit ihr? Ganze 8000 Haftstrafen gegen Dirnen hatten nicht vollstreckt werden können, da die Stadt schlichtweg nicht über auch nur annähernd genügend geeignete Gefängniszellen für weibliche Gefangene verfügte.

Im September 1920 wehte dann jedoch plötzlich ein anderer Wind. Nun sollten selbst die Standgeld zahlenden Verkäufer vom Heumarkt verschwinden. Die Kölner Polizeikräfte waren zahlenmäßig aufgestockt worden und wurden sofort für eine größere Aktion eingesetzt. Razzien erschütterten die Halbwelt am Heumarkt. In wenigen Tagen wurden 69 Personen wegen Schiebergeschäften festgenommen. Plötzlich war die gesamte Südseite des durch den Brückenbau zweigeteilten Heumarkts, wo etwa 200 Händler über Monate vor allem Fahrräder und Tuche in Ballen gehandelt hatten, fast völlig verwaist. Eine Lücke hinterließen auch die gut 100 Schieber, die besonders an der Nordostecke stets ihre Geschäfte gemacht hatten.

Diese Polizeiaktionen, die vielen Kölnern die Existenzgrundlage nahmen, sorgten für Unmut. Als Polizisten auch die Nebenstraßen durchkämmten, wurden sie aus Fenstern auf dem Buttermarkt beworfen. Zwei zivil gekleidete Polizeiwachtmeister in der Lintgasse wurden überfallen und derart zusammengeschlagen, dass einer von ihnen längere Zeit dienstunfähig war.

»Betretet nicht die Schiebergegend!«, mahnte Polizeipräsident Paul Runge am 20. Oktober 1920 in Zeitungen und auf Plakaten. »Die Säuberung des Heumarktes von Schleichhändlern und von Verkäufern gestohlener und veruntreuter Sachen ist von der Schutzmannschaft durchgeführt. Nunmehr hat sich der Schieberhandel in die zwischen Heumarkt und Rhein gelegenen engeren Straßen zurückgezogen, wird jedoch auch hier mit Nachdruck bekämpft. Es ist nicht zu vermeiden, dass dabei gelegentlich derb zugegriffen und sogar von der Waffe Gebrauch gemacht werden muss. Wiederholt wird daher dringend davor gewarnt, die bezeichneten Straßen aus Neugier zu betreten.«

Dicke Luft herrschte also am Heumarkt. Währenddessen spielte Elisabeth Bremm, obwohl in der sichereren Markthalle tätig, mit dem Gedanken, ihr Geschäft an den Nagel zu hängen. Trotzdem sah man sie in den ersten Dezembertagen 1920 mit Magda Brückner in einem Café am Heumarkt zusammensitzen und die Weihnachtseinkäufe besprechen. Dabei wurde die als knauserig geltende Bremm redselig. Sie erzählte von ihrem Betriebsgeld. Sie trage das immer unter der Bluse am bloßen Leib, einige Tausend Mark. Auf die Brust habe sich die Else Bremm geschlagen, erzählten Zeugen später, und gerufen: »De Hauptsach, hier kütt mer keiner dran!«

Es war am Tag nach Nikolaus, am 7. Dezember 1920, als Magda Brückner Joseph, den Sohn der Bremm, der allein mit der Mutter zusammenwohnte, zu einem Bestellgang nach Klettenberg schickte. Er solle nicht die Straßenbahn nehmen, sondern zu Fuß gehen, hatte sie dem 15-Jährigen eingeschärft. So würde er Geld sparen. Gegen 16.45 Uhr gingen dann die beiden Frauen gemeinsam zu Bremms Wohnung, die in der zweiten Etage der Martinstraße 1 lag. Eine Hausbewohnerin will bemerkt haben, wie die Bremm heimkehrte. Eindeutig zu erkennen sei sie gewesen an ihrem schleppenden, schwerfälligen Gang. Die Alte, so berichtete die Zeugin später, habe ihre Stube geöffnet und bald danach sei der Schlüssel von innen umgedreht worden.

Es war 17.30 Uhr, als eine 25-jährige Nachbarin an der Wohnung vorbeiging. Durch die geschlossene Tür habe sie etwas gehört. Als ob drinnen ein Kampf stattfinde. Und jemand habe gurgelnde Geräusche von sich gegeben. Dann habe es so etwas wie einen dumpfen Fall gegeben. Und dann – Totenstille. Gegruselt habe es sie da, sodass sie schnell in ihr eigenes Zimmer geflohen sei. Auch andere Nachbarn sollten aussagen, dass sie gegen halb sechs ein Poltern und Stöhnen aus der Wohnung gehört hätten. Der über Bremm wohnende 58-jährige Handelsmann gab an, er habe angenommen, bei der alten Bremm hacke jemand Holz. Auch er berichtete von einem dumpfen Schlag oder Fall, wonach alles plötzlich unheimlich ruhig wurde. Dann aber habe jemand die Wohnung verlassen und sei so gegen 18.15 Uhr wieder die Haustreppe hochgekommen, so berichtete die Zimmernachbarin der Bremm. Der Unbekannte habe leise die Tür aufgeschlossen, sich eine kurze Weile drinnen zu schaffen gemacht und sei dann wieder fortgegangen, wobei er das Zimmer wieder hinter sich verschloss.

Als Bremms Sohn Joseph gegen 19 Uhr nach Hause kam, fand er die Wohnungstür zugesperrt. Kein noch so lautes Klopfen half. Deshalb ging er zur Geschäftsfreundin Brückner, doch auch dort machte ihm niemand auf. Auch bei seiner Rückkehr blieb ihm die Tür verschlossen. Also vermutete er, seine Mutter sperre ihn als Strafe dafür aus, dass er zu lange ausgeblieben war. Ergeben fügte er sich in sein Schicksal. Bis 3 Uhr morgens harrte er vor der Schwelle aus, bis er schließlich bei der unten wohnenden Schreinerfamilie Büdenhölzer ein Nachtlager fand.

Als ihm aber auch tags darauf immer noch nicht aufgetan wurde, machte er sich doch Sorgen. Wieder suchte er die Brückner auf, um zu fragen, ob sie etwas wisse. Gemeinsam gingen sie zurück zur Martinstraße, wo ihm die alarmierten Nachbarn rieten, die Polizei zu rufen. Brückner schien die Idee zu missfallen. »Das ist doch zwecklos«, habe sie gesagt, aber sich nicht durchsetzen können. Als die Polizei endlich gegen 11 Uhr vormittags eintraf und die Wohnung in der zweiten Etage aufsperren ließ, wollen einige Zeugen eine sonderbare Scheu bei der Brückner registriert haben. Gewankt habe sie und einen krebsroten Kopf bekommen.

Elisabeth Bremm lag übel zugerichtet auf dem Fußboden ihrer Wohnküche. Tot. Die Leichenstarre war bereits eingetreten. Ihr Kopf wies verschiedene mit einem harten Instrument, wahrscheinlich einem Werkzeug, zugefügte Verletzungen auf. Ihr Gesicht war blutüberströmt. Ihr rechter Fuß war gebrochen. Der Fußboden des Zimmers war voller Blutflecken. Gestorben war sie durch Strangulation. Der Mörder hatte ihr einen Lederriemen, der von ihrer Geldtasche abgerissen worden war, zweimal um den Hals gezogen und fest zusammengeknotet.

Im Zimmer herrschte Chaos. Überall waren Blutspritzer. Auf der Badewanne lag ein blutiges Handtuch. In einem Eimer war rot gefärbtes Wasser. Am Türschloss hing ein mit Blut beschmierter Lappen. Dazu waren alle Kommoden und Schränke geöffnet und durchwühlt. Vor allem fehlten die etwa 5000 bis 6000 Mark Papiergeld, die die ermordete Frau immer auf ihrer Haut getragen hatte. Und eine goldene Damenuhr mit Kette.

Eine Blutspur führte aus der Wohnung hinaus, über der Türklinke führten sie bis zur Flurwand der zweiten Etage. Der Täter hatte sich wohl auch eine blutende Wunde an der rechten Hand zugezogen, schloss die Polizei. Ansonsten fehlte aber zunächst jede Spur. Zwar mangelte es nicht an Personen rund um den Heumarkt, mit denen die Ermordete verkehrt hatte und denen man den Raubmord sofort zugetraut hätte. Mehrere wurden auch in Haft genommen. Sie mussten jedoch bald wieder mangels Beweisen freigelassen worden.

Dann stand aber am 11. Dezember die Polizei vor Magda Brückners Wohnung, Im Laach 16. Ihr Anführer stellte sich als Kriminaloberassistent Franz Freitag vor, der Magda Brückner einen Durchsuchungsbefehl vorzeigte. Gleich am Pfosten der Wohnungstür entdeckte die Polizei eine Blutspur, außerdem im Wäscheschrank fünf mit Blut bespritzte Kleidungsstücke und am Mantel dunkle Haare, die wohl von der Bremm stammen konnten. Vor allem aber stellte man 5800 Mark sicher. An mehreren dieser Geldscheine waren ebenfalls Blutspuren. Bei drei 100-Mark-Scheinen waren die Ecken abgerissen, doch auch hier waren an den Rändern noch Blutflecken feststellbar.

Viel wichtiger jedoch: Die Blutspuren, die am Tatort und dem dortigen Treppenhaus gefunden worden waren und nahegelegt hatten, dass auch der Täter Verletzungen davongetragen hatte, ließen eine relativ frische Wunde verdächtig erscheinen, die Medizinalrat Fritz Plempel am 13. Dezember bei einer Untersuchung am rechten Zeigefinger Marta Brückners feststellen sollte. Nichts Schlimmes, nur eine oberflächliche Hautwunde, die von einem spitzen Gegenstand herzurühren schien.

Bei der Erklärung, wann sie sich die Verletzung zugezogen hatte, verstrickte sich Brückner in Widersprüche. Schließlich entschied sie sich für die Version, derzufolge sie sich die Wunde schon vor dem 7. Dezember auf dem Apostelmarkt mit einem Gewichtsstein zugezogen habe. Warum aber hatte dann zuvor niemand diese Wunde bemerkt? Und warum hatte man sie am Abend des 7. Dezember gesehen, wie sie eine anscheinend frische Wunde an der Wasserleitung gekühlt hatte? Die Wunde, so erklärte Brückner, sei später wieder aufgerissen. Außerdem gab sie zwar zu, dass sie ihre Geschäftspartnerin zum Wohnhaus begleitet habe, doch sei sie in Höhe der ersten Etage umgekehrt.

Und wo war sie am betreffenden Tag kurz nach 18 Uhr? War sie es nicht, die nach der Ermordung der Bremm zum Tatort zurückgekehrt war, wie die Nachbarin der Ermordeten es gehört hatte? Zeugen fanden sich, die Magda Brückner abends ihre Wohnung verlassen gesehen hatten, weil diese, so habe sie gesagt, noch ein Brot hatte kaufen wollen. Andere hatten sie gegen 18 Uhr auf der Treppe zu St. Maria im Kapitol getroffen, in Richtung des nahen Tatorts gehend, wobei sie versucht haben soll, ihr Gesicht zu verbergen.

Erst im Februar 1922, die Angeklagte saß da schon 14 Monate lang im Vorarrest, kam es zum Prozess. Dass der Mord ohne viel Geräusch über die Bühne gegangen war, wertete die Staatsanwaltschaft als Indiz dafür, dass die Tat von langer Hand vorbereitet gewesen sei. Brückner jedoch wies standhaft jede Schuld von sich. »Ich jemanden ums Leben bringen, wo ich kein Unrecht, noch so klein, tun kann, weil ich ein so gut Gemüt habe«, schrie sie im Gerichtssaal. Doch Zeugenaussagen aus ihrer Vergangenheit stellten sie in einem anderen Licht dar.

Höhepunkt der Verhandlung war, als die Jury samt dem Vorsitzenden spontan zur Ortsbesichtigung in die Martinstraße zog. Der Einfachheit und auch Schnelligkeit halber zu Fuß, begleitet von einer neugierigen Menge, die aus dem Zuhörerraum folgte und mit jedem Meter anwuchs. Etliche Bekannte von Elisabeth Bremm aus der Markthalle bildeten ein fast undurchdringliches Spalier. Am 18. Februar 1922 wurde Magda Brückner schließlich gemäß dem Antrag des Staatsanwalts wegen Raubs mit Todesfolge zu lebenslänglichem Zuchthaus verurteilt.

SCHLEICHWEGE IN DEN TOD

Alle paar Kilometer gab es andere Bestimmungen, außerdem überall Grenzen und Straßensperren, seit die linke Rheinseite von den Alliierten nach dem Waffenstillstand 1918 besetzt und aufgeteilt worden war. Auch rechtsrheinisch war eine 50 Kilometer breite entmilitarisierte Zone entstanden. Überall wurde kontrolliert, überprüft, besteuert und nicht selten auch verboten. Das hatte empfindliche Folgen für die Versorgung selbst mit dem Nötigsten, angefangen bei Grundnahrungsmitteln und Kohlen bis hin zu vermeintlichen Luxusartikeln wie Zigaretten, Schokolade und Kaffee, auf die die Menschen trotzdem nur ungern verzichten wollten.

Der Mangel ließ die Preise steigen. Um dem Wucher zu begegnen, waren für etliche Waren Höchstpreise festgesetzt worden. In Zeiten von Restriktionen und wirtschaftlichen Problemen wachsen aber immer Schmuggel und Schwarzmarkt. Auch mancher Besatzungssoldat kooperierte mit örtlichen Schmugglern, um seinen Sold aufzubessern. Regelmäßig sprengte die Polizei Schmugglerringe. Die Pfade führten häufig in die Niederlande. Deshalb machte die

Polizei reiche Beute, als sie im Dezember 1920 systematisch die aus Aachen kommenden Passagiere der Eisenbahn kontrollierte.

An einem Tag wurden nicht weniger als 80 Personen festgenommen, die Schmuggelware bei sich führten – meist in den Unterkleidern versteckt. Ein Mann brachte es auf zehn Zentner Kaffee, ein anderer auf 50 Sack Buchweizenmehl. In einem anderen aus Holland eintreffenden Waggon fand die Polizei 5000 Pfund eingeschmuggelten Rohkaffee, die unter 120 Zentnern Zwiebeln versteckt waren und Richtung Oberrhein verschoben werden sollten. Beschlagnahmt wurden nicht allein der Kaffee sondern auch die Zwiebeln, weil nach gesetzlicher Bestimmung, so lautete die Erklärung, »auch diejenigen Waren der Beschlagnahme verfallen, die zur Verdeckung von Schmuggelware dienen«.

Von Schiebergeschäften lebten auch Agnes Trommelschläger und der gelernte Bohrer Johann Mörs, genannt Jean, wofür sie oft gemeinsam nach Holland reisten. Beide waren eigentlich anderweitig verheiratet, doch seit etwa 1917 liiert. Das ging so lange gut, bis die 29 Jahre alte Agnes Trommelschläger bei einem der Ausflüge in die Niederlande einen anderen Mann kennenlernte. Als sich die beiden verliebten, gab sie Jean Mörs den Laufpass.

Der 51-Jährige war davon wenig begeistert und fügte sich nicht in sein Schicksal. Er wollte nicht von seiner Geliebten lassen, stellte ihr immer wieder nach, bedrängte sie und tauchte unangekündigt in ihrer Wohnung in Sülz auf. Zu allem Unglück hatte Mörs den Wohnungsschlüssel. Bei einem dieser Besuche schließlich traf er bei Agnes Trommelschläger auf deren neuen Geliebten. Jean Mörs tobte. Er werde Agnes den Hals durchschneiden, drohte er. Dann aber schien er sich doch wieder zu beruhigen. Seine Worte seien nicht ernst gemeint gewesen, versicherte er.

Agnes Trommelschläger hatte die Todesdrohungen offenkundig schon bald wieder vergessen. Sie hatte ja auch anderes zu tun. Sie plante, zu ihrem neuen Geliebten nach Holland überzusiedeln. Ein neues Leben, ohne Jean Mörs. Trotzdem sah man diesen immer noch beständig in ihrer Wohnung ein und aus gehen. So auch am 17. Januar 1921. An diesem Tag wurde Agnes Trommelschläger letztmals von ihren Hausgenossen gesehen.

Tags darauf, am 18. Januar 1921, besuchte Mörs noch einmal seine alte Familie am Mauritiussteinweg 102, in der Nähe des Neumarkts. Einen verstörten Eindruck habe er gemacht, berichtete seine Frau, und er habe ihr den Schlüssel zur Wohnung der Trommelschläger gegeben. Dann sei er fortgegangen. Ein paar Tage später erhielt sie einen Brief von ihrem Ehemann, den er am 19. Januar in seiner Geburtsstadt Eschweiler aufgegeben hatte. Er schrieb von Selbstmordabsichten. Außerdem bat er sie, zu Agnes Trommelschläger in die Ägidiusstraße 65 zu gehen und ein paar Sachen abzuholen. Sie solle den Schlüssel verwenden, den er ihr geschickt habe. Irritiert stattete sie am 21. Januar gegen 18 Uhr der Wohnung ihrer Konkurrentin einen Besuch ab und schloss die verriegelte Tür auf. Drinnen fand sie Agnes Trommelschläger, die in einer Blutlache lag, die Kehle mit einem Rasiermesser durchschnitten. Ein Kampf schien nicht stattgefunden zu haben. Auch war offenbar nichts entwendet worden. Wer sollte es gewesen sein, wenn nicht ihr abservierter Liebhaber Jean Mörs? Wer außer ihm hatte denn den notwendigen Schlüssel, mit dem nach der Tat die Wohnungstür verriegelt worden war?

Sofort wurde die Polizei in Eschweiler verständigt, um den flüchtigen Mörs zu fassen. Am 29. April 1921 meldete die niederländische Polizei Vollzug. Mörs sei festgenommen und ins Gefängnis in Maastricht überführt worden. Von da brachte man ihn kurze Zeit später zurück nach Köln.

Am 26. September 1922 verhandelte das Schwurgericht den Fall. Mörs war geständig. In Trommelschlägers Wohnung sei es zum Streit gekommen. Da habe er ein Rasiermesser aus der Tasche gezogen, sei auf sie losgestürzt und habe ihr den Hals durchschnitten. Er sei bei der Tat von Sinnen gewesen, beteuerte Mörs. Das Schwurgericht sprach ihn des Mords schuldig. Es verhängte die Todesstrafe.

DIE BLUTSPUR ZUM ROSENKRANZ

Eigentlich hatte der Hilfsweichensteller Peter Braun aus Flittard gar nicht genug Geld, um sich im Juni 1919 für 44.000 Mark das Haus in der Kaiserstraße in Kalk zu kaufen. Nicht einmal für eine vernünftige Anzahlung reichte es. Entsprechend ungünstig waren die Konditionen für den Kredit, und Braun konnte seinen Zahlungsverpflichtungen oft nicht nachkommen. Das führte zu zivilrechtlichen Auseinandersetzungen, die noch einmal viel Geld verschlangen, zumal Braun als durchaus streitfreudiger Mann bekannt war, der keinen Prozess scheute. Zwar waren seine Vorgesetzten bei der Bahn in Kalk und Deutz durchaus zufrieden mit seiner Arbeit. Allerdings war er einmal negativ aufgefallen, als er einen Kollegen fälschlicherweise denunziert hatte. Wegen militärischer Verfehlungen während des Kriegs war er auch der Kommandantur in Lüttich nicht in bester Erinnerung verblieben.

Im Jahr 1921 nun hatte sich die finanzielle Lage von Peter Braun dramatisch zugespitzt. Woher sollte der 33-Jährige das nötige Geld nehmen? Die rettende Idee schien ihm gekommen, als er im April in Roeser in Luxemburg den Bruder seiner Frau besuchte, der drei unverheiratete Stieftöchter hatte. Braun versprach seinem Schwager, für diese vermögende Männer zu finden – eine herausfordernde Aufgabe, schließlich waren es die Männer im heiratsfähigen Alter, die der Weltkrieg vor allem verschlungen hatte. »Im Jahre 1913 fehlte für jede zwanzigste Frau ein Mann; jetzt jede sechste bis siebte Frau«, rechneten die Zeitungen vor. »Dazu kommt, dass Tausende heiratsfähige Männer durch die im Kriege erlittene Verletzung nicht mehr die volle Erwerbskraft besitzen und daher für die Ehe ausscheiden, ebenso wie die im Kriege unterernährten zu Männern herangewachsenen Jugendlichen. Die Folge ist, dass einer großen Zahl gesunder Frauen die Ehe unmöglich ist.«

Die drei Inserate, die Braun aufgab, nahmen sich kreative Freiheiten: Nicht die Stieftöchter eines Schmelzofenarbeiters suchten hier einen Gatten, sondern eine reiche Gutsbesitzertochter aus Luxemburg. Auch meldete sich Braun seinerseits auf Heiratsannoncen. Die Herren Engels und Weber, der eine ein stadtkölnischer Beamter, der andere ein Kaufmann, lud Braun nacheinander in sein Haus in der Kaiserstraße ein, wo er eine junge kinderlose Witwe anpries. Beide sprangen jedoch wieder ab. Braun hatte auf einer gemeinsamen Reise nach Luxemburg bestanden, auf die die Bewerber bitte schön 10.000 Mark mitnehmen sollten.

Auch Joseph Bohnen hatte ein Heiratsinserat aufgegeben. Der 41-Jährige war Inhaber der Minoriten-Drogerie in der Breite Straße 23 und wohnte in der Krebsgasse 2, dritte Etage. Auf diese Annonce meldete sich am 29. Mai 1921 Peter Braun. Er sei Eisenbahnbeamter, kein Heiratsvermittler, kenne aber in Luxemburg eine seit zwei Jahren verwitwete Gutsbesitzerin, ohne Kinder und von schöner Statur, sehr vermögend. Bohnen würde leben wie ein Prinz. Er möge aber verschweigen, dass eine Zeitungsbekanntschaft vorliege und auch ansonsten erst einmal niemand von der Sache erzählen. Bohnen, der als gutmütig und unselbstständig geschildert wird, zeigte Brauns Brief trotzdem seinem Schwager, einem

Kaufmann aus Oberhausen. Dieser machte erst einige Witze, wurde aber dann wieder ernst und mahnte eindringlich, man müsse in solchen Sachen vorsichtig sein.

Nachdem Bohnen sich drei- bis viermal mit Braun getroffen hatte, erklärte er sich schließlich zu der beschwerlichen Reise nach Luxemburg bereit, die durch mehrere Besatzungszonen führte. Bohnen verschaffte sich luxemburgische Franc-Scheine. Braun wiederum ließ sich von seinem Vorgesetzten bei der Bahn ein Freibillett nach Trier ausstellen. Daheim erzählte er seiner Frau, dass er am 21. Juni nicht heimkommen werde, weil er mit einem Leerzug zum Hauptbahnhof fahre.

Am 20. Juni, um 20.30 Uhr, fuhren sie per D-Zug zunächst die Eifelstrecke über das ebenfalls britisch besetzte Euskirchen in die amerikanische Zone nach Trier, wo sie gegen Mitternacht ankamen und gemeinsam im Wartesaal des Bahnhofs übernachteten. Morgens nahmen sie den ersten Zug weiter nach Luxemburg. An der Grenze wurden sie ins Kontrollbuch eingetragen. Die letzte Etappe bis Roeser, wo die Gutsbesitzerin harren sollte, wollten sie zu Fuß gehen. Braun kannte da einen verlassenen Feldweg, ein kleiner Umweg, der an einer Stelle an einem Waldessaum entlangführte. Er hatte ihn bei seinem letzten Besuch bei seinem Schwager entdeckt.

Allein fuhr Braun schon am gleichen Tag ab 14 Uhr wieder nach Köln zurück, wo er zur Überraschung seiner Frau gegen 23 Uhr eintraf. Ihre Knie sollen weich geworden sein, als sie in den Taschen ihres Ehemanns das Freibillett nach Trier fand, das Braun später seinem Vorgesetzten zurückgab. Von nun an sei er sehr aufgeregt und verstört gewesen, wird berichtet. Seine Kollegen meinten, er sei verrückt geworden, weil er alle Weichen falsch stellte. Wiederholt fragte er in der Minoriten-Drogerie nach dem Verbleib ihres Besitzers. Joseph Bohnen aber war spurlos verschwunden.

Eine mehr als acht Meter lange Blutspur entdeckten Bauern am 28. Juni 1921 auf einem selten begangenen Feldweg in Luxemburg. An ihrem Ende im Feld lag eine schon in Verwesung übergegangene Männerleiche auf dem Rücken, die Beine gespreizt. Der Kopf wies mehrere Verletzungen auf. Neben 100 Mark deutschem Papiergeld fand man eine Tube Parfüm, einen Rosenkranz, einen Bleistift und eine Uhr bei ihr. Die Inschrift der Uhr wies den Toten als Joseph Bohnen aus Köln aus. In einem benachbarten Gebüsch sollte man vier Tage später noch seinen Regenschirm und seinen Koffer entdecken.

Am selben Tag fragte Braun seine Verwandten in Roeser per Telegramm, ob Bohnen bei ihnen sei. »Hier alles beunruhigt«, schrieb er. Der luxemburgische Postbeamte, der das Telegramm in Pettingen entgegennahm, hatte da schon von der Leiche im Feld gehört. Er wusste auch, dass man eine Uhr mit der Inschrift Joseph Bohnen gefunden hatte. Als Brauns Schwager das Telegramm abholte, sprach er ihn darauf an. Dieser sagte nur überrascht, dass er Bohnen noch nie in seinem Leben gesehen habe. Die luxemburgische Kriminalpolizei schickte umgehend einen Beamten nach Köln, damit dieser dort weiter ermittele.

Er habe, so erzählte Braun beim Verhör, Joseph Bohnen im Salzrümpchen getroffen, dem alten Brauhaus direkt gegenüber dem Wallraf-Richartz-Museum. Hier habe Bohnen ihm erzählt, dass er eine Frau suche, woraufhin Braun ihm von den Luxemburger Mädchen erzählt habe. »Bohnen war es gewesen, der auf eine sofortige Reise drängte«, versicherte Braun. Zunächst leugnete er die gesamte gemeinsame Reise nach Luxemburg. Sein Freibillett habe er selbst entwertet. Dann gab er doch zu, Bohnen bis zur Grenze begleitet zu haben. Von dort ab sei dieser jedoch mit ihm unbekannten Männern weitergefahren. Bei der obligatorischen Hausdurchsuchung aber entdeckte die Polizei Brauns Auslandspass, der seine Grenzüberschreitung nach Luxemburg dokumentierte. Außerdem Briefe, in denen eine luxemburgische Gutsbesitzerin sowie viel Bargeld eine zentrale Rolle spielten. Vor allem fand man auf Brauns Kleidern und an bei ihm aufgefundenen Taschentüchern

Blutspritzer. Vom Hühnerschlachten und Nasenbluten käme das her, versicherte er. Und diese Taschentücher? Die hatten doch Bohnen gehört, oder? Ja, die habe ihm dieser geschenkt. Ach so.

Am 30. Juni 1921 wurde Peter Braun verhaftet. Beim Prozess am 24. Februar 1922 zeigte er sich unsicher, was wohl die optimale Verteidigungsstrategie wäre. Nachdem er den Mord anfänglich leugnete und beteuerte, das an seiner Kleidung gefundene Blut komme vom Hühnerschlachten oder Nasenbluten, gab er ihn dann doch zwischenzeitlich zu. Anfangs sollte noch eine zweite Person, ja sogar noch eine dritte Person beteiligt gewesen sein, später nahm er alle Schuld auf sich. Am Bahnhof Trier habe er eine Schraubenmutter, die zum Befestigen der Schienen benutzt wird, gefunden, in eine Latte hineingebohrt und dieses Instrument in seine Tasche gesteckt. Auf dem Feldweg sei er hinter Bohnen hergegangen und habe dann mehrfach mit der Latte seitwärts auf dessen Kopf geschlagen. Dieser sei gleich zusammengebrochen. Er habe aber weiter zugeschlagen, um ihn vollends zu töten.

»Herr Braun, ich habe Ihnen doch alles Vertrauen geschenkt. Ich habe geglaubt, einen lieben Menschen vor mir zu haben, und nun machen Sie so etwas«, habe Bohnen noch sagen können. »Ich war in Not«, habe er geantwortet. Bohnens letzte geröchelte Worte seien gewesen: »Nur ein Wort von Ihnen und ich hätte Ihnen geholfen.« Die Leiche habe er dann in das Kornfeld geschleppt und dort die Taschen des Toten geleert. Seine Papiere habe er zerrissen. 700 bis 800 Franc habe Bohnen bei sich gehabt. Auf dem Rückweg habe er angefangen, die Blutflecke des Erschlagenen auf seinen Kleidern zu verkratzen.

Sein Schuldeingeständnis zog Braun später zurück und gab diverse andere Tathergänge zu Protokoll. Schließlich behauptete der Hilfsweichensteller, er habe, um an Geld zu kommen, Fremdenlegionäre angeworben, die er Belgiern und Franzosen an der Grenze ausgeliefert habe. Drei Soldaten sollte er bis zum 1. Juli abliefern, um dafür 2000 Franc zu bekommen. Dafür habe er Bohnen ausersehen, da er in der Salzgasse, wo er die beiden anderen entdeckt hatte, nichts mehr habe fischen können. Als er Bohnen aber habe übergeben wollen, habe er ein schlechtes Gewissen bekommen und ihm noch Zeichen gegeben, dass er schnell fliehen solle. Der französische Werbeoffizier jedoch sei ihnen nachgelaufen und habe Bohnen mit einem Hammer niedergeschlagen. Da habe ihn, Braun, die Wut gepackt und er habe den Franzosen mit einem Hammer blutig geschlagen. Dabei könne es passiert sein, dass er auch den Bohnen getroffen habe. Der Franzose aber habe Bohnen allein auf dem Gewissen.

Der Präsident, Landgerichtsdirektor Sonntag, stellte nach der Vernehmung des Angeklagten schließlich entnervt fest, dass man aus diesem furchtbaren Lügengewebe überhaupt nicht klug werden könne. Niemand im Saal sei noch in der Lage, seinen Ausführungen zu folgen, und man solle doch bitte mit der Beweisaufnahme beginnen. Daraufhin erhob sich Peter Braun abermals und rief: »Ich habe es getan, aber weiß nicht, wie. Ein besonderes Instrument nahm ich mir nicht mit, hatte aber stets so etwas bei mir.«

Der Chemiker Franz Rudolf Schwamborn sagte aus, dass das Blut an Brauns Kleidern Menschenblut und nicht Hühnerblut sei und dass es ferner vom Dreinschlagen in einer Blutmasse herrühren müsse, also kein Überbleibsel von Nasenbluten sein könne. Ab und an blitzte während der Verhandlung die Streitlust des Angeklagten auf, als er Zeugen und Sachverständigen wiederholt mit Anzeigen drohte.

Wegen Raubmords wurde Peter Braun am 25. Februar 1922 gegen Mittag zum Tode verurteilt. Er nahm das Urteil ruhig und gefasst entgegen – und ging sofort in die Revision. Gewährt wurde sie ihm, weil in der Verhandlung nicht in allen Aspekten das Luxemburger Recht berücksichtigt worden war. Am 13. und 14. November kam es dann erneut zum Prozess. Peter Braun überraschte mit der Eröffnung, dass alle seine früheren Geständnisse und Aussagen nicht der Wahrheit entsprochen hätten. Joseph Bohnen sei vielmehr schon während der Bahnfahrt von zwei Unbekannten ausgeraubt worden. Das habe er jedoch erst auf dem Feldweg in Luxemburg bemerkt und daraufhin Braun vorgeworfen, der Dieb gewesen zu sein. Darüber sei ein solcher Streit entbrannt, dass er Bohnen in Notwehr mit einem kurz vorher gefundenen Hammer habe erschlagen müssen. Er habe noch versucht, Bohnens Kopfverletzungen mit den später bei ihm aufgefundenen Taschentüchern zu verbinden, aber vergebens.

Auf den Einwand, dass all dies doch wenig plausibel sei, zumal er die Geschehnisse zuvor vollkommen anders geschildert habe, versicherte Braun, dass er wegen eines nervösen Kopfleidens überhaupt nicht wisse, jemals ein Geständnis abgelegt zu haben. Die ärztlichen Sachverständigen vermochten ein solches Kopfleiden nicht zu diagnostizieren. Sie charakterisierten Braun als einen wohl geistig etwas beschränkten Menschen, der aber dennoch voll zurechnungsfähig sei. Wieder endete die Verhandlung mit der Todesstrafe. Dieses Urteil ist allerdings nicht vollstreckt worden.

POLIZEIHUND NIXE

Die Brüder Heinrich und Wienand Faßbender sowie ihr gemeinsamer Freund Peter Ubber brauchten neue Anzüge und Schuhe. Sonst konnten sie sich doch beim bevorstehenden Kriegerfest in Geyen bei Pulheim gar nicht sehen lassen. Sie waren aber arbeitslos und knapp bei Kasse. Heinrich Faßbender wollte ja auch noch von Ehrenfeld in sein neu gekauftes Haus in Geyen ziehen. Das galt es zu renovieren und auszustatten. Somit beschlossen die drei, einen reichen Bauern in Geyen zu überfallen. Als sie gerade heimlich einsteigen wollten, ertönte ein lautes Bellen. Der Hund schlug an. Aus war es mit der Heimlichkeit. Die drei verhinderten Einbrecher mussten mit leeren Händen fliehen. Also fassten sie einen neuen Plan. Dessen Erfolg sollte am Ende allerdings wieder an einem Hund scheitern.

In Geyen wohnte das alleinstehende Fräulein Sophia Schucht. Die 62-Jährige war 30 Jahre lang Haushälterin bei einem Großbauern gewesen, der ihr in seinem Testament Haus und Hof vermacht hatte. Außer dem schönen Haus mit großem Garten besaß

4. Juli 1922

sie nunmehr 100 Morgen Land, die sie verpachtet hatte. Zu Recht vermuteten die Faßbenders und Ubber also viel Geld und sonstige Wertsachen bei ihr. Es war in der Nacht vom 3. auf den 4. Juli 1922. Wienand Faßbender stand im Nebengarten Schmiere. Heinrich Faßbender hatte sich eine Hand mit einem Tuch umwickelt und drückte behutsam eine Fensterscheibe ein. Dann stieg er, eine geladene Armeepistole bei sich tragend, ins Haus ein, gefolgt von Peter Ubber. Zur Flucht standen zwei Fahrräder bereit.

Sophia Schucht war etwa anderthalb Jahre zuvor ein fettes Schwein gestohlen worden. Das mag ein Grund dafür gewesen sein, dass sie auch im Schlaf hellhörig war. Jedenfalls erwachte sie plötzlich und bemerkte zwei Männer in ihrem Schlafzimmer. Erschrocken richtete sie sich auf und schrie.

Am nächsten Tag saß die Gemeinde in der neugotischen Pfarrkirche von Geyen und ließ die Blicke durch den Backsteinbau schweifen. Licht fiel durch die prachtvollen farbigen Bogenfenster, die den Baum des Lebens und des Todes zeigten. An einigen Stellen wurde leise gemurmelt. Ein Platz war nämlich frei geblieben. Wo blieb bloß Sophia Schucht? Die kam doch immer. Gestern war sie doch noch ganz gesund gewesen. Na ja, wird schon nichts sein.

Eine Verwandte machte sich aber sicherheitshalber auf, um nach dem Rechten zu sehen. Auf der Hausschwelle blieb sie schockiert stehen. Drinnen war alles durchwühlt. Sie rief ein paarmal. Keine Antwort. Vorsichtig schritt sie durch die Räume. Im Schlafzimmer entdeckte sie schließlich Sophia Schucht. Tot lag sie in ihrem Bett auf dem Bauch, geknebelt, an den Füßen gefesselt, am Bettpfosten festgebunden. Erbeutet hatten die Einbrecher, wie später festgestellt wurde, eine goldene Uhr. Und sonst? Acht bis zehn Taschentücher, einige Laken, ein Kleid und einen Mantel. Das Geld, eine beträchtliche Summe, war unentdeckt geblieben. Sophia Schucht hatte es erfolgreich in einem Geheimfach versteckt.

Zwar hatte die Kölner Polizei viel zu tun. Kurz vorher war in Berlin Außenminister Walther Rathenau ermordet worden, weshalb mehrere Gewerkschaften für den 4. Juli 1922 zum deutschlandweiten Streik und diversen Umzügen aufgerufen hatten, um die Republik gegen rechte Kräfte zu verteidigen. Schon früh sammelten sich Menschenmassen am Aachener Tor. Später kam es zu vielfältigen Auseinandersetzungen. Trotzdem erschien die Mordkommission schon bald am Tatort in Geyen – darunter auch Kriminalbetriebsassistent Ludwig Dérouét, der Nixe mitgebracht hatte, seinen Polizeihund.

Nixe beschnupperte die Kordel, mit der das Opfer gefesselt und erdrosselt worden war. Dann ging es über Hecken und Zäune, durch verschiedene Gärten bis zur Straße, die von Pulheim nach Brauweiler führte. So ungeduldig und fest zog der Hund, dass die Polizisten ihn kaum genügend bändigen konnten, um diverse Fußabdrücken und Fahrradspuren auf dem Weg in Augenschein zu nehmen. Nixe führte sie schließlich zu einem Haus. Frisch gekalkt war es und stand leer. Das gehöre einem Heinrich Faßbender, wusste der örtliche Polizist zu berichten. Der wohne noch in Ehrenfeld, aber Mitte Juli wolle er hier einziehen. Gerade beratschlagten die Polizisten noch etwas unsicher, wie es nun weitergehen solle, da zerrte Nixe schon wieder an der Leine und schleppte die Beamten schließlich zum Haus von Wienand Faßbender. »Dat eß ene Fätz«, sagte der örtliche Polizist sofort. Tatsächlich schreckte Wienand Faßbender sichtlich zusammen, als er die Tür aufmachte und die Polizei sah. Besonders angsteinflößend war aber der Hund, der ihn knurrend stellte.

Die Polizisten begannen ihre Untersuchungen. Was war das denn? Auf Wienand Faßbenders feldgrauem Rock fand sich ein langes, weißliches Frauenhaar. Die Beamten sicherten es sorgsam. Was er denn vom Mord an Fräulein Schucht wisse, fragten sie. Die sei gerade tot aufgefunden worden. Erwürgt. Ob er vielleicht etwas dazu zu sagen habe. »Wenn ich das getan hätte, würde ich nicht so ruhig hier stehen bleiben, Herr Kriminal!«, versicherte Wienand Faßbender. Also sei er nicht vergangene Nacht im Haus der

Schucht gewesen? Das könne schon sein, räumte Wienand Faßbender ein, dass er in ihrem Haus gewesen sei. So, das könne sein. Interessant. Könnte er das alleine gewesen sein, oder könnten da womöglich noch andere dabei gewesen sein?

Kurz danach wurde sein Bruder Heinrich in Ehrenfeld festgenommen. Mit einem Kraftwagen eilten Polizisten auch zu einem Feld in Stotzheim bei Hürth, auf dem Peter Ubber gerade arbeitete. Sie verhafteten ihn von der Seite seiner Braut weg. Die Ermittlungen erwiesen, dass die Beschuldigten am Tatort gewesen waren und dass die zur Erdrosselung und Knebelung benutzten Tücher und Stricke aus Faßbenders noch unbewohntem Haus stammten. Unter dem Druck des gesammelten Beweismaterials gestanden die Faßbenders und Ubber schließlich die Tat.

Beim Prozess im Dezember 1922 schob einer dem anderen die Hauptschuld zu. Immer der andere sollte der Anstifter gewesen sein. Insbesondere zwischen den beiden Brüdern trat ein äußerst gespanntes Verhältnis zutage. Die Verteidigung plädierte auf nur versuchten Raub und fahrlässige Tötung unter Zubilligung mildernder Umstände. Könnte, fragte sie, der Tod der Sophia Schucht nicht auf einen Schlaganfall zurückgeführt werden? Nein, meinte der ärztliche Sachverständige, es handle sich mit größerer Wahrscheinlichkeit um einen Erstickungstod. Der Staatsanwalt jedoch ließ die Anklage auf Mord fallen und beantragte auf schuldig des vollendeten schweren Raubs mit Todeserfolg bei Waffenmitnahme und zur Nachtzeit. Mildernde Umstände seien zu versagen. Gerade diese billigten die Geschworenen den Angeklagten aber zu und verurteilten sie zu nur je zwölf anstatt der von der Staatsanwaltschaft beantragten 15 Jahre Zuchthaus. Darüber, wo die gestohlenen Sachen verblieben waren, schwebte bis zuletzt Dunkel.

SCHLÄGEREI IM SPANISCHEN BAU

Ein prächtiges Barockgebäude war der sogenannte Spanische Bau gegenüber dem Historischen Rathaus, errichtet im 17. Jahrhundert im Stil der niederländischen Spätrenaissance. Hier, wo zwischenzeitlich die Stadtsparkasse untergekommen war, war ab 1920 ein neuer Sitzungssaal für den Kölner Rat entstanden. Infolge der Revolution 1918 hatte sich nämlich die Zahl der Stadtverordneten auf über 100 Personen fast verdoppelt, sodass der bislang genutzte Hansasaal im Rathaus aus allen Nähten geplatzt wäre. Also richtete man den Spanischen Bau her und passte ihn den Ansprüchen der Zeit an. Das Zentrum war natürlich der in rot, grün und braun gehaltene und von feinen Goldbändern durchzogene Sitzungssaal im Hauptgeschoss. Dieser war nun von allen Säulen befreit, mit einem wie ein Amphitheater aufsteigenden Holzgestühl versehen und mit alten Tafelgemälden ausgestattet. Das Tonnengewölbe der Decke war mit Holz vertäfelt. Die über einen gesonderten Eingang zu erreichende Publikumstribüne im Zwischengeschoss mit ihren 250 Plätzen, davon 100 Sitzplätzen, ermöglichte öffentliche Sitzungen.

6. Juli 1922

»Ich übergebe diesen Saal nunmehr seiner Bestimmung«, hatte Oberbürgermeister Konrad Adenauer bei der Einweihung im Januar 1921 verkündet. »Manches Gute wird er hören, auch manches weniger Gute; mancher heftige Streit wird seine Mauern erklingen lassen, aber auch manches befreiende Lachen wird, so hoffe ich, zur Decke emportönen. Mögen auf den Sesseln dieses Saales immer Männer und Frauen sitzen, die sich der Ehre, Kölner Stadtverordnete zu sein, bewusst sind, die sich auch bewusst sind der großen Verantwortung, die dieses Amt mit sich bringt.« Schon anderthalb Jahre später sollte es dann jedoch in eben diesem edlen Sitzungssaal im Spanischen Bau zu einer Schlägerei zwischen Stadtverordneten kommen.

Auslöser war letztlich jenes Ereignis, weswegen ganz Deutschland Kopf stand. Am 24. Juni 1922 war Außenminister Walther Rathenau in Berlin ermordet worden. »Das Auto Rathenaus wurde zwischen 10 und 11 Uhr auf dem Wege zum Auswärtigen Amt von einem Kraftwagen verfolgt, in dem drei Männer saßen«, lasen die Kölner tags darauf in den Zeitungen. An einer der am wenigsten belebten Stellen der Königsallee im Grunewald sei es passiert: Ein anderes Auto »fuhr in außerordentlich schnellem Tempo an Dr. Rathenaus Wagen vorüber, stoppte dann ab, und die in ihm sitzenden Täter gaben auf den Minister etwa acht bis zehn Schüsse aus einer Maschinenpistole ab. Dr. Rathenau sprang nun, anscheinend schon von mehreren Kugeln getroffen, auf und bückte sich zu seinem Chauffeur nach vornüber, um diesem wahrscheinlich die Weisung zu geben, in schneller Fahrt davonzufahren. Diesen Augenblick benutzten die Täter, um noch eine Handgranate in den Wagen des Ministers zu werfen. Von dieser getroffen, sank Dr. Rathenau blutüberströmt in das Polster seines Wagens zurück.«

Die Obduktion ergab, dass fünf Schüsse aus einer Maschinenpistole Rathenau durchbohrt hatten. Vermutlich war bereits der erste Treffer, der von links vom Rücken durch die Brusthöhle ging, tödlich gewesen. Die Detonation der Handgranate hatte ihm ein Stück des Kiefers weggerissen.

Schnell stellte sich heraus, dass die Spur, wie schon beim Attentat auf den ehemaligen Reichsfinanzminister Matthias Erzberger im August 1921 und dem Mordversuch an Philipp Scheidemann im Juni 1922, zur Geheimorganisation C. führte, benannt nach ihrem Leiter Hermann Ehrhardt, der von seinen Leuten »Consul« genannt wurde. Dieser Ableger der ehemaligen Marinebrigade Ehrhardt, die sich 1920 am Kapp-Putsch beteiligt hatte und nach dessen Niederschlagung von der Regierung aufgelöst worden war, arbeitete nun also im Geheimen daran, die verhasste Republik durch eine rechte Militärdiktatur zu ersetzen.

Durch Deutschland lief eine Welle der Empörung. Der Mord wurde als Anschlag auf die Demokratie und als Aufbäumen monarchistischer Kräfte interpretiert. Der Zorn richtete sich auf die Hohenzollern und ihre Anhänger. Die alte schwarz-weiß-rote Reichsfahne wurde Stein des Anstoßes. In Köln zogen am 27. Juni 1922, als Rathenau in Berlin beerdigt wurde, viele Menschen gegen 15 Uhr gen Innenstadt. »Ernste Mienen und in den Blicken verhaltene Erregung!« sah die *Rheinische Volkswacht*, als sich die Demonstranten auf dem Neumarkt versammelten. Etliche rote Fahnen wehten, während die Reichsflagge als Mörderfahne verhöhnt wurde. Gleichzeitig waren sowohl der Große Saal als auch der Weiße Saal der Bürgergesellschaft prall mit Mitgliedern des Deutschen Gewerkschaftsbunds gefüllt. Nach den jeweiligen Reden und Kundgebungen zog die Masse, angeführt von den Straßenbahnern, über Appellhofplatz und Burgmauer am Regierungspräsidium vorbei. Damit lösten sie dort vorübergehend Panik aus. »Die Spitze war eben am Portal angelangt, als sich die Türe schloss, die Fenstergitter wurden herabgelassen und vermutlich wartete man drinnen mit Besorgnis auf die kommenden Dinge«, berichtet die *Rheinische Volkswacht*. Dann passierte jedoch – nichts. »Ruhigen Schrittes zog der stattliche

Aufmarsch vorüber und geschlossen rückten die Gruppen wieder in ihre Stadtteile.«

Schon eine Woche später kam es, zum Ärger vieler Industrieller, die sich an den Kosten der republikanisch motivierten Arbeitsruhe störten, zu einer zweiten Großdemonstration zur Verteidigung der Demokratie. Je nach Zeitung ist von 150.000 bis 250.000 Demonstranten die Rede, die am 4. Juli 1922 auf der Straße gewesen seien und auf dem Weg zum Kundgebungsort, dem Sportplatz am Aachener Tor, die ganze Innenstadt gefüllt hätten. Zur Aufrechterhaltung der öffentlichen Ruhe, Sicherheit und Ordnung verfügte Polizeipräsident Paul Runge, dass sämtliche Rummelplätze, Vergnügungsparks, Gaststätten und Kaffeehäuser von 15 bis 19 Uhr geschlossen zu bleiben hätten, ebenso Kinos oder sonstige Lustbarkeiten. Immerhin der Straßenbahnverkehr funktionierte noch leidlich, weil sich die Gewerkschaft der christlichen Straßenbahner gegen eine neuerliche Teilnahme entschieden hatte, was dazu führte, dass ihre Fahrer nicht selten als »Verbrecher« beschimpft und aufgefordert wurden, die »Karren« stehen zu lassen.

Als sich dann die Versammlung gegen 16 Uhr langsam auflöste, zogen ein paar Hundert Teilnehmer gen Rathaus, wo sie gegen 16.30 Uhr ankamen. Drinnen tagten gerade die Finanz- und die Theaterkommissionen, als die Stadtverordnete Henriette Ackermann hereinkam und mitteilte, dass die Demonstranten das Aufziehen der Reichsfahne zum Beweis dafür verlangten, dass die Stadtverwaltung hinter der Republik stehe. Nun weilte Oberbürgermeister Konrad Adenauer gerade in Königsberg. Weil auch sein Vertreter, Bürgermeister Bruno Matzerath, zunächst nicht aufzufinden war, erklärten sich die übrigen Beigeordneten als nicht dazu befugt, eine Beflaggung des Rathauses zu befehlen. Eine Eskalation konnte erst in letzter Minute verhindert werden, als der inzwischen eingetroffene Bürgermeister Matzerath doch noch unter großem Hurra der Demonstranten die Flagge hissen ließ.

Weniger glimpflich ging es zu, als zahlreiche Arbeiter, zumeist Kommunisten, zu ihren Wohnungen im Rechtsrheinischen zurückliefen. Im Bankenzentrum Unter Sachsenhausen drangen sie in die Hauptpost ein, um aus den oberen Fenstern die eigene rote Fahne herausflattern zu lassen. Unter Hochrufen auf die Republik ging der Zug zur Hohenzollernbrücke, die mit zwei schwarz-rot-goldenen Fahnen geschmückt wurde. Dem Reiterstandbild Wilhelms II. steckten einige Demonstranten zunächst eine rote Fahne auf, bevor mehrere Jugendliche die Skulptur erklommen, um an einen Pferdehuf ein Schild mit der Aufschrift: »Nieder mit den Monarchisten« zu hängen.

Einige hatten aber praktischerweise auch Werkzeug mitgeführt. Die Polizei fand später auf dem Sockel des Denkmals vier Vorschlaghämmer und einen Schrottmeißel. Damit bearbeiteten die Randalierer die Bronzeplastik, bis der Säbel abgeschlagen war. Er soll im Rhein gelandet sein. Außerdem brach man die Sporen ab. Spätestens aber, als die Hufe des Pferdes durchgesägt werden sollten, um Pferd und Reiter abstürzen lassen zu können, wurde es der Polizei zu bunt. Von der nahen Wache im Deichmannhaus kam Verstärkung, zu der sich auch britische Polizei gesellte. Gemeinsam war die Versammlung rasch aufgelöst. Die Demonstranten flüchteten über die Brücke nach Deutz.

Mit den Demonstrationen war aber noch nicht die Frage geklärt, ob man in Zeiten der Republik denn wirklich allerorts weiter an die preußische Herrscherfamilie erinnern müsse, die im niederländischen Exil darauf zu warten schien, dass man sie zurückrief. Darüber diskutierte das Kölner Stadtparlament am 6. Juli 1922 im Spanischen Bau. »Warum muss es in Köln weiterhin einen Kaiser-Wilhelm-Ring und einen Hohenzollern-Ring geben?«, fragte der Fraktionsvorsitzende der SPD, Wilhelm Hölken, zur Eröffnung der Debatte. »Soll man diese nicht viel lieber nach den Märtyrern der jungen Republik in Rathenau-Ring oder Erzberger-Ring umtaufen?« Außerdem möge doch die Stadt bei der

Regierung beantragen, die Hohenzollernbrücke in Dombrücke umbenennen zu dürfen.

Auch die anderen Erinnerungen an die Hohenzollern müssten aus dem Stadtbild verschwinden. Wer es ehrlich mit der republikanischen Staatsform meine, müsse diesem Antrag zustimmen. »Erzberger und Rathenau sind nicht die persönlichen Freunde meiner Partei gewesen«, versicherte Hölken. »Durch Annahme des Antrages soll die Versammlung aber bekunden, dass man mit den feigen Meuchelmördern nichts zu tun hat, dass man sich offen, ehrlich und ernstlich zur Republik bekennt.« Seine Rede gipfelte in dem Satz: »Eine Ablehnung unseres Antrages müssten wir dahin auslegen, dass diejenigen, die ablehnen, keine ehrlichen Republikaner sind!«

Diese Ansicht teilten nicht alle Fraktionen. Republik schön und gut, aber müsse das unbedingt mit Veränderungen im Stadtbild einhergehen? »Ich kann nicht einstimmen, dass wir in diese Wiedertäufermanie verfallen, die im ganzen deutschen Vaterland entstanden ist«, erläuterte Johann Rings von der konservativen Zentrumspartei. »Man kann verschiedener Meinung darüber sein, ob früher nicht allzuviel auf dem Gebiete der Namensgebung getan worden ist. Wenn man aber jetzt in vielen Städten dazu übergeht, nach allen möglichen Personen Straßen zu benennen, über deren Verdienste im Volke man verschiedener Meinung sein kann, so meine ich, verfällt man in denselben Fehler wie früher, und ein Gesinnungsumschlag könnte eine neue Wiedertäufermanie bringen. Wir sind bereit«, so sagte Rings zu den Sozialisten gewandt, »das Andenken der beiden Staatsmänner, die ruchlosen Mördern zum Opfer gefallen sind, durch Benennung zweier Straßen zu ehren und ihr Andenken dadurch lebendig zu erhalten. Wir sind aber der Auffassung, dass es richtiger ist, dafür zwei neue Straßen zu nehmen.«

Während sich hier schon so etwas wie ein Kompromiss abzeichnete, nahte das Ungemach in Person des Fraktionsführers der Kommunisten, Josef Neuhauser, genannt Sepp. Der gebürtige Oberbayer war bekannt für seine verbalen Entgleisungen und sein wenig gezäumtes Temperament. Als »Saustall und Adenauer-Zirkus« hatte er die Stadtverordnetenversammlung schon einmal beschimpft. Von sich reden gemacht hatte der gelernte Schneider zudem durch sein Zugeständnis, während des Kriegs einen Major getötet zu haben, der ihn habe erschießen wollen. Nur durch die Revolution sei er straffrei geblieben.

Neuhauser trat nun ans Rednerpult und schlug vor, man könne ja, wenn man die Hohenzollern durchaus weiter ehren wolle, die Kammachergasse auf sie taufen. Diese Straße in der Altstadt besaß zweifelhafte Berühmtheit wegen der dortigen Bordelle. Entsprechend sorgte der Vorschlag für erregte Pfui-Rufe aus einigen Fraktionen. »So ein Kerl!« und »Flegel!« tönte es von allen Seiten. Besonders aber ärgerte den kommunistischen Fraktionsführer, dass Justizrat Johannes Kaiser von der Deutschen Volkspartei »Gemeiner Kerl« rief. Die beiden waren schon vorher keine Freunde gewesen, spätestens seit Neuhauser bei einer vorherigen Sitzung angekündigt hatte, dass Kaiser irgendwann am Laternenpfahl baumeln werde.

Der Kommunist brachte sich jetzt am Rednerpult drohend in Position und schrie Kaiser entgegen: »Wenn Sie nochmals gemeiner Kerl sagen, haue ich Ihnen eine in die Fresse.« Ungerührt wiederholte Kaiser die Titulierung, woraufhin ein wutentbrannter Neuhauser auf Kaiser zustürzte und zum Schlag ausholte. Während Oberbürgermeister Adenauer schnell noch förmlich die Sitzung unterbrach und zügig den Saal verließ, sprangen einige Ratsmitglieder hastig von ihren Sitzen auf und warfen sich dazwischen. Die Situation schien schon bereinigt. Neuhauser ließ sich fortführen. Doch dann schaukelten sich Rede und Gegenrede erneut hoch, bis sich Sepp Neuhauser, »Sie Schurke, Sauhund, dreckiger!« schreiend, den Rock auszog und abermals auf Kaiser zustürzte. Dieser hob bereits abwehrend den Arm, als wieder im letzten Moment einige Stadtverordnete auf Neuhauser zusprangen und ihn festhielten. Diesmal jedoch riss sich dieser los, griff sich ein Wasserglas und warf es Richtung Kaiser, wobei er Tintenfass und andere Dinge vom Pult wischte. Anschließend schnappte er sich einen Stuhl, den er umherschwang. Die Sozialisten lieferten sich unterdessen Brüllduelle mit den Mitgliedern der Rechten.

Irgendwann aber beruhigte sich die Lage doch wieder. Saal und Tribünen leerten sich, während sich die unterschiedlichen Fraktionen jeweils zu einer kurzen Besprechung der Vorkommnisse zurückzogen. Konrad Adenauer schließlich berief zum Abschluss des Tages die Fraktionsführer zu einer Sitzung zusammen.

Im Januar 1923 wurde dann verkündet, dass sich die Stadtverordneten auf mehrere Namensänderungen für Straßen, Plätze und Bauten verständigt hätten. So heiße nicht nur der Königsplatz in der Neustadt, gleich gegenüber der Synagoge, fortan Rathenauplatz und der Königin-Luise-Platz in Nippes Erzbergerplatz. In Kalk wurde die Hohenzollernstraße umgetauft in Lüttringhauser Straße, die Kaiserstraße hieß künftig Eythstraße, die Konprinzstraße Dieselstraße und die Schaumburgstraße Lilienthalstraße. In Mühlheim wurden aus der Prinz-Heinrich-Straße die Lassallestraße und aus der Prinz-Wilhelm-Straße die Adamsstraße. Und das Kaiser-Wilhelm-Bad in Deutz erhielt den Namen Deutz-Kalker Bad.

FINANZAMT IM WIDERSTAND

Wer hätte das gedacht? Ausgerechnet Reiner Haehling von Lanzenauer, der quasi sein gesamtes in grundsoliden Bahnen verlaufenes Leben als Beamter im Dienst der Regierung gearbeitet hatte, wurde verhaftet. Und das im fortgeschrittenen Alter von 60 Jahren. Der gebürtige Koblenzer, Sohn des ersten Direktors des Arnsberger Finanzamtes Heinrich Ernst Haehling, war im Herbst 1919 nach Köln beordert worden, um das neue Landesfinanzamt einzurichten, zu dessen Präsident er bald ernannt wurde.

Als aber am 20. Januar 1923, gegen 10 Uhr, der Unterdirektor der französischen Zollverwaltung in Paris mit einem Dolmetscher auf dem Landesfinanzamt in der Wörthstraße, direkt beim Justizgebäude am Reichenspergerplatz, bei Präsident Reiner Haehling von Lanzenauer vorstellig wurde, dürfte dieser gewusst haben, was die Stunde schlug.

Zwischen Frankreich und Deutschland herrschte nämlich gerade dicke Luft. Auslöser des aktuellen Konflikts war, dass Deutschland sich im Versailler Vertrag dazu verpflichten musste, alle Kriegs-

22. Januar 1923

verluste und Kriegsschäden der Alliierten zu entschädigen. Bei diesen Reparationszahlungen und ausstehenden Materiallieferungen war die wirtschaftlich immer noch strauchelnde junge Republik in Verzug. Also fühlten sich Frankreich und Belgien, die selbst finanziell herausfordernde Zeiten durchlebten, zur Selbsthilfe berechtigt und kamen wie ein Gerichtsvollzieher vorbei, um »produktives Pfand« in Gestalt der deutschen Koks- und Kohleproduktion in Beschlag zu nehmen. Letztendlich 100.000 Soldaten, bestehend aus fünf französischen Divisionen, die durch belgische Verbände verstärkt wurden, marschierten ab dem 11. Januar 1923 unter dem französischen Oberbefehlshaber General Jean-Marie Joseph Degoutte ins Ruhrgebiet ein.

Dieses Vorgehen traf bei den Verbündeten Frankreichs nicht nur auf Zustimmung. Zumal gemunkelt wurde, dass es der französischen Regierung nicht wirklich um die ausgebliebenen Lieferungen von Kohle, Schnittholz und Telegrafenstangen ging. Dem Briten Sir John Bradbury wird die Einschätzung zugeschrieben, dass »seit den Tagen des trojanischen Pferdes Holz niemals wieder zu einem so böswilligen Zweck verwandt worden war«. Frankreich habe, so eine gängige Einschätzung, schlichtweg Angst vor einem sich wirtschaftlich erholenden und irgendwann gewiss auch militärisch wiedererstarkenden Nachbarn Deutschland gehabt. Um dies zu verhindern, wolle es das Ruhrgebiet und möglichst auch das Rheinland weitgehend aus dem Deutschen Reich lösen.

Wie aber sollte sich Deutschland wehren? Die Reichsregierung stellte alle Reparationszahlungen ein und rief die Bevölkerung am 13. Januar zu passivem Widerstand auf. Der sogenannte Ruhrkampf begann. Die Zechen lieferten keine Kohle mehr, die Eisenbahner weigerten sich, Kohle zu transportieren. Zudem hatten die jeweiligen Stadtwerke etlichen Bahnhöfen die Stromzufuhr gekappt. So konnte nichts gen Westen abtransportiert werden. Alle deutschen Beamten wurden zudem von der Regierung verpflichtet, Anweisungen der Besatzungsmacht fortan nicht mehr Folge zu leisten.

Die deutsche Verweigerungshaltung besserte die Stimmung in Frankreich nicht gerade. Zumal die Deutschen es offensichtlich schafften, Kohle an der französischen Zollgrenze vorbei in unbesetztes Gebiet zu schmuggeln, während sich für Frankreich die militärische Aktion zum finanziellen Verlustgeschäft entwickelte. Das musste ein Ende haben. Entsprechend war nun der Unterdirektor der französischen Zollverwaltung nach Köln gekommen, um den Präsidenten des Landesfinanzamts persönlich anzuweisen, alles zu veranlassen, um die Durchführung der neuen Sanktionen sicherzustellen, sprich Beschlagnahme der Zölle, der Kohlensteuer und der Ausfuhrabgabe. Außerdem solle Präsident Haehling von Lanzenauer den französischen Kontrolleuren einen Raum im Gebäude zur Verfügung stellen. Jene Beamten, die der französischen Aufforderung Folge leisteten, würden sich eine angenehme Erinnerung sichern. Die anderen hätten mit strengen Strafen zu rechnen. »Also, Präsident Haehling von Lanzenauer«, hieß es schließlich. »Werden Sie den Anordnungen der Rheinlandkommission gehorchen?«

»Es ist mir nicht möglich, den Forderungen des Herrn Delegierten nachzukommen, die an mich gestellt sind«, erklärte der Präsident des Landesfinanzamts förmlich. »Ich würde meiner Pflicht als deutscher Beamter zuwiderhandeln, wenn ich Weisungen befolgen würde, die ich als unrechtmäßig und als ungültig ansehen muss. Als deutscher Beamter bin ich verpflichtet, den deutschen vorgesetzten Behörden zu folgen. Diese Behörden haben angeordnet, dass die Beamten der Finanzverwaltung sich nicht dazu hergeben dürfen, die gestern übermittelten unrechtmäßigen Anordnungen auszuführen. Die übergebenen Befehle halten sich nicht im Rahmen des Rheinlandabkommens, und deshalb sind sie unrechtmäßig. Dieses ist mein Standpunkt und derjenige der deutschen Regierung.«

Dies alles wollte der französische Delegierte nicht hören. »Ich bin nur gekommen, um Befehle zu geben, nicht aber sie zu diskutieren«, teilte er Haehling von Lanzenauer mit. »Wissen Sie, welch schwere Konsequenzen die Nichtbefolgung des Befehls und das Beharren auf Ihrem Standpunkt für Sie haben wird?« Der Finanzamtspräsident erwiderte, dass er seinen Standpunkt klar dargelegt habe. Nachdem sich der französische Delegierte ausdrücklich hatte bestätigen lassen, dass die Ablehnung eine formelle Weigerung sei, teilte er mit, dass er sich nun an die Hohe Interalliierte Rheinlandkommission wenden werde. Diese werde weitere Anordnungen treffen. Wütend verließ die französische Delegation im Anschluss das Gebäude.

Noch am selben Nachmittag um 16 Uhr wurde neuerlicher Besuch bei Haehling von Lanzenauer vorstellig, diesmal ein französischer Polizist nebst Dolmetscher. Sie überbrachten ihm offiziell einen schriftlichen Ausweisungsbefehl des Delegierten der Rheinlandkommission in Bonn. Der Präsident des Landesfinanzamts und seine Familie hätten das besetzte Gebiet zu verlassen.

Der Aufruhr war groß, die Bevölkerung empört. Von überall hagelte es Solidaritätsbekundungen mit Haehling von Lanzenauer. Auch Reichsfinanzminister Andreas Hermes schickte ihm ein Telegramm, in dem er seinem Beamten für sein Verhalten dankte und dieses vollständig billigte. Haehling von Lanzenauer seinerseits dachte nicht daran, als gebürtiger Rheinländer und deutscher Beamter auf französische Weisung das Land zu verlassen. Am Montag, dem 22. Januar 1923, um 10 Uhr war die gesetzte Frist verstrichen und der Finanzamtspräsident hatte seinen üblichen Dienst angetreten. Begleitet wurde dies von einer Kundgebung der Beamten und Angestellten der Kölner Finanzämter, die sich mit ihrem Vorgesetzten solidarisierten. Tausende Demonstranten versammelten sich auf dem nahen Reichenspergerplatz und in der Wörthstraße und zerstreuten sich erst nach einiger Zeit wieder, das Deutschlandlied singend.

Unterdessen waren im Gebäude des Landesfinanzamts Vertreter der Beamten, Angestellten und Arbeiter der Behörde zusammenge kommen, um einen Aufruf an alle Dienststellen der Reichsfinanzverwaltung zu verfassen: »Leistet eurer Regierung den schuldigen, unbedingten Gehorsam! Harret auf euerm Posten bis zum letzten aus und lasst euch durch keinerlei Versprechungen und Lockungen verführen. Ganz Deutschland schaut auf euch und wird euch eure Pflichterfüllung danken.«

Nachdem der Tag zunächst ruhig verlaufen war, folgten am späten Abend die Konsequenzen. Kurz nach 22 Uhr fuhren drei Autos vor dem Eingang der Privatwohnung des Präsidenten vor, in einem französische Offiziere, in den beiden anderen britisches Militär. Drinnen erklärten sie, dass sie einen Haftbefehl des französischen Befehlshabers in Bonn hätten, um den Präsidenten, da er sich geweigert habe, das besetzte Gebiet zu verlassen, sofort nach Bonn abzuführen. Ob die Engländer die Genehmigung zur Vollstreckung dieses Haftbefehls erteilt hätten, fragte der Präsident an die britischen Offiziere gewandt. Diese erwiderten, sie würden nicht hier sein, wenn nicht ihr Befehlshaber die Genehmigung erteilt hätte. Ob er freiwillig mitkomme, wurde der Präsident dann gefragt, ansonsten würde er mit Gewalt abgeführt werden. Haehling von Lanzenauer fügte sich und stieg ohne Widerstand ins Auto der Franzosen. Augenzeugen berichteten, wie Passanten, die Zeugen der Abfahrt waren, ein begeistertes dreifaches Hoch auf den »hochverehrten und tapferen Präsidenten« ausgebracht hätten.

Über Bonn ging es für Haehling von Lanzenauer nach Mainz ins französische Militärgefängnis, wohin Reichsfinanzminister Hermes am 25. Januar ein neuerliches Telegramm an ihn schickte. »Ihr standhaftes Verhalten hat von Ihnen ein weiteres Opfer gefordert. Seien Sie versichert, dass ich mit der gesamten Finanzverwaltung mit allen guten Wünschen und Treue in diesen Tagen bei Ihnen bin.« Ob der Inhaftierte den Brief zu lesen bekam, ist fraglich. Das Mainzer Militärgefängnis jedenfalls verweigerte die Annahme. Die ganze Aufregung war für den Spross einer Adelsfamilie offenkundig zu viel. Er erkrankte und musste am 29. Januar 1923 ins französische Militärhospital in Mainz überführt werden.

Nicht nur seine Erkrankung erschwerte den Franzosen den Prozess vor dem Mainzer Kriegsgericht, der zunächst auf den 3. Februar angesetzt war. Weil die Eisenbahner streikten und vor ihrer massenhaften Ausweisung viele Lokomotiven in unbesetztes Gebiet gebracht hatten, konnten die Prozessakten nicht beigebracht werden. Also musste der Prozess gegen Haehling von Lanzenauer, wie zahllose weitere Verfahren gegen inhaftierte Deutsche, auf unbestimmte Zeit vertagt werden. Da wuchs bei den Franzosen die Furcht, der kränkliche Präsident des Landesfinanzamts könne ihnen in der Haft sterben und so zum Märtyrer werden. Also setzten sie ihn am 6. Februar in ein Auto und fuhren ihn über die Grenze des besetzten Gebiets. Kurz vor Frankfurt am Main ließ man ihn frei. Er reiste daraufhin zu seinem älteren Bruder, dem Paderborner Weihbischof Heinrich Haehling von Lanzenauer, der sich, ganz bescheiden, nur Heinrich von Haehling nannte. Hier in Westfalen traf der Freigelassene auf seine Familie und wartete nach seiner Genesung auf eine weitere Verwendung im Reichsdienst.

Der feurig ausgefochtene Ruhrkampf kühlte mit der Zeit ab. Die Rheinländer wussten, dass sie sich selbst bei einer erfolgreichen Räumung des Ruhrgebiets noch lange mit ihren jeweiligen Besatzungsmächten zu arrangieren hätten. Da wollte man die Stimmung nicht zu nachhaltig trüben, sondern suchte nach Wegen eines pragmatischen Auskommens. Der Ruhrkampf endete schließlich offiziell am 26. September 1923, als der neue Reichskanzler Gustav Stresemann einsah, dass Deutschland die Kosten – immerhin rund 40 Millionen Mark am Tag – nicht mehr stemmen konnte und die Stimmung im Land angesichts zunehmenden Hungers, steigender Preise und allgegenwärtiger Arbeitslosigkeit einen Tiefpunkt erreicht hatte. An Beamte wie Unternehmer und Arbeiter ging die offizielle Anweisung, den Anordnungen der Besatzungsmächte wieder zu gehorchen.

Den Ausweisungsbefehl gegen Reiner Haehling von Lanzenauer nahm die Hohe Interalliierte Rheinlandkommission erst im Juli 1924 zurück. Für seinen Posten als Präsident des Landesfinanzamts in Köln ließ ihn die Rheinlandkommission im September 1924 wieder zu. Seinen Dienst trat er am 14. Oktober 1924 erneut an.

Er sollte sein Amt nicht mehr lange ausüben können. Womöglich war die Aufregung am Ende doch zu viel für ihn gewesen. Reiner Haehling von Lanzenauer erlag im Alter von 63 Jahren einem Schlaganfall. Am 12. Oktober 1925 erschien die Todesanzeige: »Heute morgen kurz nach 1 ½ Uhr entschlief sanft, doch unerwartet, wohlvorbereitet durch öftern Empfang der heiligen Sakramente unser lieber, treusorgender Vater und Schwiegervater, unser teurer Bruder, Schwager und Onkel.« Er wurde auf Melaten beerdigt.

STERBEWÄSCHE FÜR WITWE ERPELT

War das eine Zeit, um jung und verliebt zu sein? Das nämlich war Katharina Sampels. In den 20 Jahre alten Kranführer Johann Zalesiak. Der aber war arbeits- und inzwischen auch mittellos. Damit war er nicht allein. Die Preise stiegen, die Arbeitslosenzahlen explodierten, die sozialen Sicherungen kamen an ihre Grenzen. Die Menschen waren verzweifelt.

Am 10. November 1922 war die Lage eskaliert. In den Arbeiterhochburgen Kalk, Deutz, Mülheim und Ehrenfeld war es zu Ausschreitungen und Plünderungen gekommen. Die britische Besatzungsbehörde untersagte daraufhin alle »Versammlungen und Veranstaltungen, die die Sicherheit der alliierten Armeen beeinträchtigen könnten, ebenso die Anwesenheit von Personen auf der Straße nach Einbruch der Dunkelheit«. Vergebens. Am 13. November wiederholte sich das Spiel.

Als »verwerfliche Ausschreitungen« kritisierte Oberbürgermeister Konrad Adenauer, was sich da in den vorangegangenen Tagen in Köln abgespielt hatte. »Unverantwortliche, zum großen Teil jugendliche Personen haben sich an dem Eigentum der Bürgerschaft freventlich vergriffen, Schaufenster zerstört und Auslagen geraubt. Derartige Handlungen sind auf das Schärfste zu verurteilen. Unter der anhaltenden Teuerung leiden alle Schichten der Bevölkerung in empfindlicher Weise. Das darf aber kein Grund zu derartigen Vorkommnissen sein. Dadurch werden die Verhältnisse, die wir alle beklagen, in keiner Weise gebessert, im Gegenteil, das Elend, unter dem das ganze deutsche Volk leidet, wird noch schlimmer.«

Wie sollte es denn noch schlimmer werden, fragten sich Katharina Sampels und Johann Zalesiak. Sie wollten doch einfach ihr Stück vom glücklichen Leben. Heiraten. Und es war ja nicht so, dass alle arm waren. Katharina beispielsweise war Dienstmädchen bei der 64 Jahre alten Witwe Josefine Helene Erpelt. Die gebürtige Mainzerin, geborene Zerbes, führte gemeinsam mit ihren Kindern das Traditionsgeschäft ihres verstorbenen Gatten Joseph weiter: Sterbewäsche und Sargverzierungen. Sicher, 1912 hatte man zwischenzeitlich Konkurs anmelden müssen. Und als reich hätten sich die Erpelts nicht bezeichnet. Aber mit der Firma, unter dem Namen des Sohns neu angemeldet, ging es zweifellos wieder bergauf. Die Erpelts konnten sich allerhand leisten und mussten nicht ständig rumknapsen.

Wohnung und Geschäft der Familie lagen in einer gediegenen Gegend. Ganz in der Nähe, am Südende des Kaiser-Wilhelm-Rings, hatte man trotz klammer städtischer Kassen im Dezember 1922 eine 17 Meter breite, monumentale Brunnenanlage eingeweiht. Dafür hatte man in der Stadt also Geld, für diese Kolossalgestalt des liegenden Vater Rheins, flankiert von seinen vier Töchtern, die zwischen Felsgestein im sprudelnden Wasser spielten. Wenn man von da aus Richtung Christuskirche ging, einem 1894 eingeweihten Bau am Stadtgarten, über den eine Zeitung damals geschrieben hatte, er sei »ganz wie für eine reichere Gemeinde geschaffen«, kam man am Laden der Erpelts vorbei.

Das Geschäft lief gut. Todesfälle hatte es in den letzten Jahren viele gegeben. Josefine Helene Erpelt bewohnte gemeinsam mit ihrer Tochter Else und ihrem Sohn Arthur eine Fünf-Zimmer-Wohnung in der Herwarthstraße 1. Hochparterre, direkt über dem Laden. Ihr Dienstmädchen Sampels wusste, wo der gut gefüllte Kassenschrank war. Sie kannte und pflegte das feine Silberbesteck. Sie bewunderte den exquisiten Schmuck und den edlen Pelz ihrer Herrschaft. Sampels und Zalesiak überlegten lange. Schließlich ließ Sampels sich einen Nachschlüssel zur Wohnungstür der Erpelts fertigen. In einer Nacht dann kamen drei Männer. Nachdem sie im Hausflur die Schuhe ausgezogen hatten, schlichen sie leise in die Wohnung.

Ihr Bruder Arthur war für ein paar Tage auf Geschäftsreise, als Else Erpelt am Samstagabend, dem 3. März 1923, zunächst Haus- und Korridortür verriegelte und sich gegen Mitternacht zusammen mit der Mutter in ihrem gemeinsamen Schlafzimmer zur Ruhe begab. Gegen 3 Uhr morgens schrak die 40-Jährige plötzlich auf, geweckt von Schreien ihrer Mutter. Als Else hochfuhr, sah sie den Raum von einer Kerze erleuchtet. Zwei Männer waren über ihre Mutter hergefallen, fesselten und würgten sie. Da stürzte sich auch schon ein dritter auf Else, presste ihr ein Taschentuch in den Mund und fesselte ihr mit einer Schnur die Hände hinter den Rücken.

Während der größte der drei Einbrecher an den Betten seiner Opfer Wache hielt, schnappte sich der Kleinere den Schlüsselbund vom Nachttisch der Mutter und machte sich daran, die Wohnung zu durchsuchen. Nichts war vor ihm sicher. Alles raffte er in den kleinen Handkoffer aus Vulkanfiber, den er irgendwo in den Schränken gefunden hatte. Drei Brillantringe, davon einer mit Platin eingefasst, eine Perlenkette, zwei silberne Medaillons, eine Tula-Damenuhr, einen mit Perlen und Brillanten eingefassten Anhänger und eine goldene Brosche mit fünf Brillanten. Die Räuber übersahen weder das Silberbesteck noch den Opossumpelz der Firma Landridt. Und schon gar nicht das Bargeld im Kassenschrank: 110.000 Mark, darunter ein 50.000-Mark-Schein.

Die Mutter rührte sich nicht mehr. Und zu ihrem Entsetzen hörte Else die Kerle miteinander planen, auch sie zu ermorden. Voller Panik stellte sie sich tot, konnte aber irgendwann nicht umhin, doch eine kleine Bewegung zu machen. Plötzlich traf sie ein Schlag mit einem harten Gegenstand am Kopf. Eine Stimme sagte: »Jetzt ist die auch kaputt.« Dann machten es sich die Eindringlinge in einem Nebenzimmer mit einer Flasche Kognak gemütlich. Erst morgens gegen 5 Uhr schlichen sie schließlich aus dem Haus, ihre Beute gut im Koffer verstaut. Mit der elektrischen Straßenbahn fuhren sie gemeinsam nach Mülheim. Unterwegs teilten sie schon einmal das Bargeld. Den Rest deponierten sie im Keller von Veronika Lammertz, die in den Plan eingeweiht war. Für 20.000 Mark im Voraus würde sie alles in Verwahrung nehmen und zu einem guten Preis verkaufen, hatte sie versprochen und ihnen dann den Kellerschlüssel gegeben. »So könnt ihr die Beute jederzeit hier verstecken.«

Else Erpelt war nicht tot. Gefesselt und verletzt, wie sie war, wartete sie, bis die Eindringlinge fort waren, und rappelte sich dann auf. Irgendwie wurde sie den Knebel los. Sie schleppte sich mühsam zum Bett der Mutter und zog die Bettdecke weg, mit der diese vollkommen zugedeckt war. Josefine Helene Erpelt gab kein Lebenszeichen mehr von sich. Die Hände hinter ihrem Rücken schmerzten, als Else zum Telefon im Flur wankte. Schließlich schaffte sie es, den Hörer mit der Schulter auszuhaken und nach der Polizei zu rufen. Sie schleppte sich durch die Wohnungstür und das Treppenhaus hoch, in die erste Etage, wo seit Jahren Amtsrichter Johannes Schumacher wohnte. Mit der Zunge betätigte sie die elektrische Klingel. Dann endlich wurde sie befreit. Für ihre Mutter in der Etage darunter kam jedoch jede Hilfe zu spät.

Die Mordkommission stellte nicht nur fest, dass die Täter Wertsachen und Geld im aktuellen Gesamtwert von 20 Millionen Mark erbeutet hatten. Ihnen fiel auch auf, dass die Wohnungstür nicht aufgebrochen war und die Täter mit den örtlichen Verhältnissen bis ins Kleinste vertraut schienen. Da lag es nahe, das Dienstmädchen der Ermordeten genauer in Augenschein zu nehmen: Katharina Sampels. Die habe seit geraumer Zeit mit diesem arbeitslosen Burschen aus Mülheim ein Verhältnis, Johann Zalesiak, ergaben erste Nachforschungen. Hatte man sie nicht bei Zechgelagen mit ihm und dessen Freund gesehen, einem Joseph Arnold?

Weitere Ermittlungen erhärteten den Verdacht. Die Polizei verhaftete das Dienstmädchen und ihre Freunde. Bei einem der Männer, die doch alle pleite sein sollten, fand sich ein 50.000-Mark-Schein. Durch ein Zeichen konnte er als der geraubte identifiziert werden. Und auch der dritte Täter, ein Friedrich Topatka, war bald ermittelt und festgenommen. Schnell stand die Kriminalpolizei dann bei Veronika Lammertz vor der Tür, die zunächst alles leugnete. Im Keller, unter Säcken versteckt, fand die Polizei aber bald den Handkoffer aus Vulkanfiber. Und in ihm die gesamte Beute.

Else Erpelt identifizierte schließlich die Täter bei einer Gegenüberstellung. Angesichts des überwältigenden Beweismaterials legten alle Beteiligten rasch ein volles Geständnis ab. Josefine Helene Erpelt wurde am 10. März 1923 unter großer Anteilnahme auf Melaten beerdigt.

Der Andrang war auch groß, als der Schwurgerichtsprozess unter dem Vorsitz von Landgerichtsdirektor Heinrich Stürmer begann. Ab dem 11. Mai 1923 hatten sich Arnold, Zalesiak und Topatka, ferner das Dienstmädchen Sampels und die Hehlerin Lammertz zu verantworten. Die Geschworenen erkannten nach zweitägigem Prozess auf Raubmord mit Todeserfolg. Mildernde Umstände wurden den Angeklagten Arnold und Zalesiak nicht zugestanden. Sie wurden zu 15 Jahren Zuchthaus verurteilt, ihr Helfer Topatka zu zwölf Jahren. Sampels erhielt wegen Beihilfe zum schweren Raub vier Jahre und elf Monate Gefängnis. Und Elsa Erpelt? Sie lebte noch nach Ausbruch des Zweiten Weltkriegs in der Wohnung im Hochparterre der Herwarthstraße 1 und führte im Erdgeschoss das Familiengeschäft weiter: Sterbewäsche und Sargverzierungen.

TOD EINES SEPARATISTEN

Die Angst packte Joseph Smeets. Die Weihnachtsfeiertage waren gerade vorbei, als es am 27. Dezember 1920 an seiner Wohnungstür in der Luxemburger Straße 26 klingelte. Einlass erbaten drei Herren mit ernster Miene, die sich als Kriminalwachtmeister Pinner, Ebbinghaus und Drigalsky vorstellten. »Was wollen Sie denn?«, fragte Smeets erregt. Aber eigentlich wusste er ja, was los war. Die deutsche Polizei war gekommen, um ihn zu holen. Womöglich, um ihn einfach verschwinden zu lassen. Bevor der 27-Jährige noch eine Antwort bekam, rief er seiner Frau Fernande zu: »Ich schreibe schnell einen Zettel. Lauf zur britischen Polizei! Oder telefonier wenigstens!«

Joseph Smeets war nämlich politisch aktiv und lebte in beständiger Furcht, er könne Ziel körperlicher Übergriffe werden. Durchaus verständlich. In den frühen Jahren der Weimarer Republik schienen einige Gruppen Mord fast schon als legitimen Beitrag zur politischen Debatte anzusehen. Kurt Eisner, der erste Ministerpräsident des Freistaats Bayern, war im Februar 1919 auf dem

Weg zum Landtagsgebäude getötet worden. Zwei Kopfschüsse von hinten. Hugo Haase, der Fraktionsvorsitzende der USPD, war im November 1919 an den Folgen eines Attentats gestorben. Dass die Staatsgewalt die Politiker nicht hatte schützen können, war skandalös genug. Aber die Polizei schien nicht selten direkt an den Attentaten beteiligt. Die beiden Führer der Spartakusbewegung in Deutschland, Karl Liebknecht und Rosa Luxemburg, waren doch zweifellos zuerst verhaftet worden, bevor sie unter dubiosen Umständen im Januar 1919 den Tod fanden.

Smeets jedenfalls wollte nicht so enden. Kein Wunder, dass er die drei Polizisten in seiner Wohnung misstrauisch beäugte. Kaum verstand er, was ihr Wortführer beruhigend auf ihn einredete. »Es handelt sich nur um eine kleine Angelegenheit, die man doch in Ruhe erledigen kann«, hörte Smeets Kriminalwachtmeister Johann Pinner sagen. »Ich bin von der *Rheinischen Republik,* meine Briefe und Briefsachen lasse ich nicht untersuchen«, rief Smeets. Pinner schaute etwas verdutzt. »Das haben wir auch gar nicht vor«, sagte er. »Sind Sie denn nicht von der politischen Polizei?«, fragte Smeets misstrauisch. »Nein.«

Die Polizei war nämlich zu Smeets gekommen, weil sechs Tage zuvor bei August Anderes, der am Pantaleonswall ein Anstreicher- und Malergeschäft betrieb, eingebrochen worden war. Wohnungstür und Türrahmen in der Burgunder Straße 33 waren beschädigt, Schränke und Schubladen durchwühlt, Wäsche und Kleidungsstücke gestohlen. Vor allem aber fehlte eine im Waschtisch des Schlafzimmers versteckte Geldkassette aus Blech, in der sich 56.000 Mark befunden hatten. Frau Anderes erinnerte sich, dass acht Tage zuvor ein Händler bei ihnen gewesen war. Der hatte dem Schreinermeister Peter Smeets ähnlich gesehen, den sie flüchtig kannte. »Sind Sie mit Peter Smeets verwandt?«, hatte sie ihn deshalb gefragt. »Ja, ich bin der Bruder«, war die Antwort gewesen. Der könne sie doch damals ausgespäht haben. Die Nachbarin, Fräulein Capellmann, bestärkte sie in ihrem Verdacht. Sie habe auch beobachtet, wie zur Tatzeit ein großer Mann das Haus verlassen habe, ganz wie ihn auch Frau Anderes beschrieb: jugendlich und frisch aussehend, mit glattem Gesicht. Also ging die Polizei routinemäßig zum Bruder von Schreinermeister Smeets. Dass dieser Joseph Smeets Redakteur der politisch kontroversen Zeitung *Rheinische Republik* war, sei den Polizeibeamten überhaupt nicht bekannt gewesen, gaben sie später zu Protokoll.

Franz Joseph Hubert Smeets, geboren 1893 in Aachen, besaß keine höhere Schulbildung. Nach dem Tod seines Vaters war er Lehrling bei einem Zahnarzt geworden und hatte im Krieg als Sanitätssoldat beim Roten Kreuz gedient. Als SPD-Mitglied war er während der Revolution 1918 Teil des Kölner Arbeiter- und Soldatenrats gewesen und hatte im Sanitätsausschuss gesessen. Kurze Zeit später lief er zur USPD über, die sich als linker Flügel von der SPD abgelöst hatte. Zu dieser Zeit hatte sich Smeets noch scharf gegen jegliche Sonderbündlerei ausgesprochen. Dann aber änderte er seine Meinung komplett.

Die sogenannten Sonderbündler fragten, warum das Rheinland denn bitte schön unbedingt von Berlin aus regiert werden müsse. Wäre eine souveräne Rheinische Republik mit guten Beziehungen zu Frankreich nicht viel besser? Die Idee übte im Rheinland zwischenzeitlich großen Reiz aus und kursierte auch in den etablierten Parteien. Eine Separatistenbewegung bildete sich – sehr zur Freude und möglichst diskret unterstützt von Frankreich. Paris hatte selbstverständlich während der Friedensverhandlungen damit geliebäugelt, die linksrheinischen Gebiete ganz einzugliedern oder eben zumindest als eigenständigen Pufferstaat zwischen dem Deutschen Reich und Frankreich zu installieren.

Die deutsche Bevölkerung ging da allerdings nicht mit. Die Erbfeindschaft zu den Franzosen, die gehörte doch geradezu zur Folklore der deutschen Teile des Rheinlands. In patriotischen Liedern schmetterten Männergesangsvereine inbrünstig: »Sie sollen ihn nicht haben, / Den freien deutschen Rhein, / Bis seine Flut begraben / Des letzten Manns Gebein!« Oder: »Solang ein Tropfen Blut noch glüht, / Noch eine Faust den Degen zieht, / Und noch ein Arm die Büchse spannt, / Betritt kein Feind hier deinen Strand.« Und der Feind, das waren nun einmal die Franzosen. Viele Menschen im besetzten Köln und im Rest Deutschlands zeigten sich deshalb nach vier Jahren Krieg und einem als Demütigung empfundenen Frieden empört über die bloße Idee, sich dem Nachbarstaat auch nur anzunähern.

Bei Joseph Smeets war das anders, schon aus familiären Gründen. Seine Frau Fernande war Lothringerin. Sie stammte aus Niederwiese, aus der Gegend von Saint Avolt. Nachdem sein sozialistisch-dadaistisches Zeitungsprojekt *Ventilator* 1919 von der britischen Besatzungsbehörde verboten worden war, wurde Smeets Verleger und Redakteur der Zeitung *Rheinische Republik*, dem Organ der Sonderbündler. Gemunkelt wurde, dass ihm von französischer Seite finanzielle Unterstützung zukam.

Das alles war den Polizisten in Smeets Wohnung egal. »Wir kommen in einer Diebstahlangelegenheit, in der sich höchstwahrscheinlich ein Mann fälschlich Ihres Namens bedient hat«, erklärte Wachtmeister Pinner, der nach Smeets merkwürdigem Auftreten den starken Eindruck hatte, dass hier ein großer Irrtum vorliegen müsse. Smeets war zwar nervös und damit verdächtig. Aber er sorgte sich irgendwie wegen der falschen Sachen. »Dieses Fräulein glaubt, den Täter gesehen zu haben«, erklärte Pinner, während er Fräulein Capellmann hereinbat. Er ersuche ihn, einmal seinen Rock anzuziehen und seinen Hut aufzusetzen. Reine Routinesache. »Er könnte es wohl sein«, meinte Fräulein Capellmann mit kritischem Blick. »Auf ›könnte‹ kann ich mich nicht einlassen«, seufzte Johann Pinner: »Sie müssen sich schon genauer ausdrücken.«

Nachdem Smeets auch noch seinen Mantel angezogen hatte, legte sich Fräulein Capellmann dann fest: »Nein, er ist es nicht, der Täter war größer.« Na prima. »Die Sache ist damit erledigt«, sagte

Pinner zu Smeets. Die Kriminalbeamten samt Zeugin verabschiedeten sich von ihm und seiner Gattin.

Während aber die Ermittlungen zum Einbruch im Sande verliefen, witterte Smeets in dem Vorfall eine große Gelegenheit. Kein Wunder, dass die Polizisten nicht gewusst hatten, wer er war. Bislang hatte kaum jemand Notiz von ihm, seinen Aktivitäten und seiner obskuren Wochenzeitschrift genommen. Vielleicht könnte sich das jetzt ändern.

Regierungspräsident Philipp Brugger blieb am 8. Januar 1921 bei seiner Morgenlektüre fast das Frühstück im Hals stecken. Die ihm vorgelegte *Rheinische Republik* brachte auf dem Titel unter der Überschrift »Ein missglückter Schurkenstreich« einen Artikel, in dem Joseph Smeets dem Polizeipräsidium und den Beamten der politischen Abteilung vorwarf, sie hätten versucht, ihn aus politischen Gründen zu verhaften. Warum? Auf seine Ergreifung sei von der preußischen Regierung eine Belohnung von 40.000 Mark ausgesetzt. Na, da würde Brugger bei der Interalliierten Rheinlandkommission aber etwas zu erklären haben.

Sofort ließ der Regierungspräsident nach Rücksprache mit der Polizei eine Gegendarstellung veröffentlichen. Die machte es jedoch nur noch schlimmer. Smeets genoss die Aufmerksamkeit, die ihm endlich eine Aura von Bedeutung verlieh, und setzte in seinen Artikeln von Woche zu Woche noch eins drauf. Regierungspräsident wie Polizeipräsident waren schließlich bis zur Weißglut gereizt. Half jedoch nichts. Zwar strengten sie irgendwann Prozesse gegen Smeets an. Sie gewannen sogar fast alle. Die von deutschen Gerichten verhängten Strafen durften aber nicht vollstreckt werden. Immer legten die Franzosen in der Rheinlandkommission ihr Veto ein.

Mittlerweile zeigten sich auch weite Teile der deutschen Bevölkerung empört. Smeets hatte erreicht, was er wollte. Sein Bekanntheitsgrad war enorm gestiegen. Allerdings auch die Wut auf ihn. Der Kölner Separatist war nun allenthalben als feindlicher Agent verschrien und somit willkommene Zielscheibe für weite Teile der Bevölkerung und Presse.

Sein Ansehen besserte sich im Krisenjahr 1923 nicht. Während die deutsche Regierung im Ruhrkampf zu passivem Widerstand gegen die übergriffigen Franzosen und Belgier aufrief, suchten die rheinischen Separatisten offen den Schulterschluss mit Frankreich. Die *Rheinische Republik* ermunterte die Besatzungsmächte im Februar sogar, lauthals protestierende sogenannte preußische Elemente im Rheinland einfach auszuweisen. Von da an kam es zu feindseligen Kundgebungen vor Smeets Wohnung. Der werde doch von seinen Auftraggebern lediglich als Strohmann vorgeschoben, schrieben die Zeitungen. Es sei ein offenes Geheimnis, dass dieser ungebildete Kerl nicht in der Lage sei, auch nur einen einzigen Artikel selbst zu schreiben.

Jeder seiner Schritte wurde beäugt. Die Zeitungen berichteten von einem obskuren schwarzen Auto. Das habe in einer Seitenstraße am Barbarossaplatz gehalten, ganz in der Nähe der Wohnung des Geächteten. Franzosen seien ihm entstiegen, die Smeets im Schutz der Nacht zu konspirativen Treffen abgeholt hätten. Das sei aber nicht unbemerkt geblieben, sodass sich sofort eine große Menschenmenge versammelt habe, die lauthals ihren Unmut über diesen Vaterlandsverräter und seine Freunde kundgetan habe. Nur die Anwesenheit der Staatsgewalt habe handfeste Übergriffe verhindert. »Armer Smeets!«, war in den Blättern zu lesen. »Diese Fäuste in den Taschen hast du gesehen! Wie ruhig mögen deine Nachtstunden sein!«

Smeets merkte tatsächlich, dass die Luft langsam dünn wurde. Die Mordanschläge auf Politiker hatten nicht abgenommen. Mit Grausen dachte er an das Schicksal von Matthias Erzberger oder Walther Rathenau. Er war deshalb besonders vorsichtig und hielt sich möglichst in einem gesonderten, verschlossenen Raum auf. Das nebenan liegende, stark frequentierte Redaktionsbüro mied er, sooft er nur konnte.

Dann stand am 17. März 1923, abends gegen 19.15 Uhr, ein schlanker Mann vor seiner Wohnungstür. Ein Meter 75 groß, zwischen 26 und 28 Jahre alt, blasses Gesicht, hohe Stirn, gerade Haltung. Er bat, kurz hereinkommen zu dürfen. Er wolle einige Exemplare der *Rheinischen Republik* abholen. Glatt rasiert war er, bekleidet mit einer dunklen Schirmmütze, einer umgearbeiteten dunkelgrünen Militärjacke und dunklen Sportstrümpfen. Else Kaiser, Smeets Schwester, begleitete ihn ins Büro. Direkt gegenüber der Tür stand Joseph Smeets am Fenster, ins Gespräch mit seinem Schwager, dem gelernten Friseur Joseph Kaiser, und dem Journalisten Franz Trier vertieft. Der Unbekannte zückte plötzlich eine Pistole, Kaliber 7,65 Millimeter. Ein Knall und die Fensterscheibe zersplitterte. Schnell versuchte Smeets, sich wegzuducken. Doch die zweite Kugel erwischte ihn am Hinterkopf. Sie durchschlug den Schädel bis zur Wirbelsäule. Dann feuerte der Attentäter zweimal auf Joseph Kaiser, der rechts von der Tür stand. Der 42-Jährige sank getroffen zu Boden.

Der Schütze ergriff die Flucht. Er bekam aber die Korridortür nicht geöffnet. Hektisch zerschlug er die darin eingelassene Glasscheibe und quetschte sich durch die Scherben. Draußen, wo sich, vom Lärm aufmerksam geworden, schnell eine Menschenmenge versammelt hatte, rief er laut nach einem Schutzmann und stiftete dadurch so viel Verwirrung, dass er selbst unbehelligt schnellen Schritts Richtung Barbarossaplatz davoneilen und im Gewimmel der Stadt verschwinden konnte. Joseph Kaiser war tot, als die Sanitäter eintrafen. Joseph Smeets aber lebte noch. Er wurde umgehend ins Krankenhaus transportiert und operiert. Der lange Kampf um sein Leben begann.

Weite Teile der Presse feierten den Anschlag. Klar, jede politische Bluttat war verdammenswert, auch der Angriff auf Smeets und die Ermordung seines Schwagers Kaiser. Aber hatten sich das diese vaterlandslosen Separatisten nicht selbst zuzuschreiben? War das Attentat nicht die logische Folge des Hasses, den das französische Vorgehen gegen Deutschland, insbesondere die Besetzung des Ruhrgebiets, erzeugt hatte? Der *Stadtanzeiger* hoffte, dass die Schüsse »aller Welt zeigen, wie sehr die Franzosen sich eine Umkehrung der Wahrheit schuldig machen, wenn sie behaupten, die Bewohner des Rheinlands sehnten sich danach, vom ›preußischen Joch‹ befreit zu werden, um in die weitgeöffneten Arme Mariannens zu sinken«.

Die britische Besatzungsmacht tobte jedoch. Die polizeilichen Nachforschungen nach dem Mörder müssten mit allem Nachdruck betrieben werden, verlangte sie. Eine Million Mark Belohnung lobte deshalb Sigmund Maria Graf Adelmann von Adelmannsfelden aus, der seit 1922 der Regierungspräsident Kölns war, für die Ermittlung und Ergreifung jenes schlanken, blassen Attentäters mit der hohen Stirn und der geraden Haltung. Die Jagd hatte begonnen. Aber wo blieben die Resultate? Zwar wurden immer wieder Verdächtige festgenommen. Einen davon identifizierten sogar sowohl die Witwe Kaiser also auch Fernande, die Ehefrau von Joseph Smeets, als Täter. Fernande Smeets meinte, er habe sie etwa acht Tage vor dem Anschlag an der Wohnungstür gefragt, ob ihr Mann zu sprechen sei. Sie erkenne ihn ganz bestimmt als den wieder, der nach den Schüssen auf die Straße geflüchtet war. »An seiner Täterschaft besteht mit Rücksicht auf die bestimmten Aussagen der Tatzeugen kein Zweifel mehr«, jubelte ein Bericht des Polizeipräsidiums am 24. März 1923. Doch auch diesen Verdächtigen musste die Polizei, wie alle anderen vor und nach ihm, bald wieder freilassen.

Der französische Oberkommissar wollte irgendwann einfach nicht mehr glauben, dass es so gar keine Fahndungserfolge geben sollte. Er witterte eine Verschwörung. Vielleicht, so meinte er, wäre es angesichts der ausbleibenden Ermittlungsergebnisse besser, wenn die weitere Untersuchung von einem besonderen Militärgericht vorgenommen würde. Schließlich sei nicht ausgeschlossen, dass amtliche deutsche Stellen in die Tat verstrickt gewesen seien.

Wer der Attentäter auch war – hinsichtlich Smeets hatte er sein Ziel erreicht. Zwar überlebte der Sonderbündler knapp. Als er schließlich wieder einigermaßen bei Gesundheit war, hatte sich die Machttektonik in seiner Partei entscheidend verschoben. Smeets versank in der Bedeutungslosigkeit. Er blieb fernab des Geschehens, als die Lage noch einmal eskalierte, weil die Wirtschaft in den besetzten linksrheinischen Gebieten fast zusammenbrach. Im Oktober 1923 verhandelte auch der Kölner Oberbürgermeister Konrad Adenauer über Möglichkeiten einer Loslösung des Rheinlands zugunsten der Gründung eines eigenen Westdeutschen Staats, der allerdings dem Deutschen Reich angegliedert bleiben sollte.

Da aber versuchten einige radikale Separatisten schon die Gründung der Rheinischen Republik mit Waffengewalt durchzusetzen. Rathäuser wurden besetzt, Koblenz als Regierungssitz auserkoren. Auch auf dem Haus Neustraße 43 in Eschweiler wurde am 16. Oktober 1923 die grün-weiß-rote Fahne der Rheinischen Republik gehisst. Dann aber formierte sich überall Widerstand.

Der Präsident der separatistischen Regierung in der Pfalz, Franz Joseph Heinz, nach seinem Heimatort Heinz-Orbis genannt, saß am 9. Januar 1924 gegen 21.30 Uhr gemeinsam mit Bekannten im gut besuchten Restaurant Wittelsbacher Hof in Speyer, als fünf wohlgekleidete Männer erschienen und sich unauffällig um seinen Tisch in Stellung brachten. »Hände hoch«, riefen sie plötzlich, »es gilt den Separatisten!« Aus Repetierpistolen schossen sie, anfangs vor allem auf die Personen, die mit dem Präsidenten der autonomen Pfalz am Tisch saßen, dann auch auf andere Gäste. Heinz-Orbis war sofort tot. Kopfschuss. Was damals nur wenige wussten: Unter den Attentätern war auch jener schlanke blasse Mann, der wegen des Anschlags auf Smeets gesucht wurde.

Die separatistische Bewegung fiel schnell wie ein Kartenhaus in sich zusammen. Es fehlte der Rückhalt in der Bevölkerung. Das alles interessierte Smeets schon kaum mehr. Gesundheitlich angeschlagen, war er mittlerweile zu seinen Schwiegereltern ins Elsass gereist. Lähmungserscheinungen plagten ihn in den Beinen. In beiden Augen war der Sehnerv beschädigt. Joseph Smeets starb am 25. März 1925 im Alter von gerade einmal 31 Jahren in Metz an den Spätfolgen des Anschlags.

Wer weiß, ob die Identität seines Attentäters jemals bekannt geworden wäre. Dann aber gab es Ende März 1933, zehn Jahre nach dem Anschlag auf Smeets und kurz nach der Machtergreifung der Nationalsozialisten, ein neues Gesetz: Es versprach eine Amnestie für alle jene, »die sich im Kampfe für die nationale Erhebung aus vaterländischem Überschwang zu Straftaten haben hinreißen lassen«. Und wenige Tage, bevor dieses Gesetz in Kraft trat, berichtete die *Kölnische Zeitung* plötzlich von einem Kölner, einem Hans M., der, die Begnadigung vor Augen, zugab, das Attentat verübt zu haben. Die Sehnen seiner rechten Hand habe er sich bei seiner Flucht durch die Glastür durchschnitten und sich mit Hilfe seines Vaters nach München abgesetzt.

»Gegen zwei Uhr mittags ging die Reise los«, erzählte Hans M. der aufgeregten Leserschaft. »Die Straßenbahn hatte Betriebsstörung, und wir mussten den ganzen Weg bis zum Kalker Bahnhof, von dem aus die Abfahrt erfolgen sollte, zu Fuß gehen, also etwa eine Stunde; und das mitten durch Köln. Trotzdem bestiegen wir unangefochten unsern Zug. Von Honrath marschierten wir fast die ganze Nacht hindurch ohne Karte und rasteten nur kurze Zeit auf der Landstraße hinter einem Sack, den ein Steinklopfer aufgespannt hatte. Mit Fieber lief ich weiter, und wir erreichten schließlich die Bahnstrecke. Mit dem Personenzug fuhren wir bis Gießen und von da aus mit dem Zug nach München. Dort stellte der Arzt fest, dass meine Hand entzündet und vereitert war. Jedoch heilte die Wunde überraschend schnell, und zum Erstaunen des Arztes blieb nicht ein Finger steif.«

Am 20. Januar 1934 kam der 1902 in Bad Ems geborene Hannes Miebach, der das Realgymnasium in Nippes besucht hatte, bei einem Flugzeugabsturz über der Ostsee ums Leben und wurde am 25. Januar 1934 mit einem Staatsbegräbnis auf Melaten geehrt. Schon lange vor Beginn der Trauerfeier standen von Vertretern der Brigade Ehrhardt über SA, SS und Hitler-Jugend bis hin zu Stahlhelm und Kyffhäuserbund etliche Verbände mit umflorten Fahnen in Reih und Glied als Ehrengeleit auf dem Friedhof. Zur Grabstelle, direkt neben den Gefallenen aus dem Deutsch-Französischen Krieg von 1870/1871, trugen Männer der Brigade Ehrhardt den in eine Marinekriegsflagge gehüllten Sarg. Nach Gauleiter Josef Grohé und Regierungspräsident Rudolf von Bonsen trat Kapitän Ehrhardt zur Rede ans Grab.

»Lieber Hannes Miebach«, begann er, »du warst einer der ersten, vielleicht der erste Nationalsozialist in Köln. Ich sehe dich noch vor mir, wie du 1923 nach München kamst und mir meldetest, dass du die Separatistenführer Smeets und Kaiser zusammengeschossen habest, den Arm in der Binde infolge einer Verwundung, die du durch einen Sprung durch das Fenster dir zugezogen hattest. Wir haben dich notdürftig zusammengeflickt, und du fandest Schutz und Sicherheit vor den Häschern in den Reihen der Brigade der ehemaligen Organisation Consul. Als 1924 die Separatistenbewegung in der Pfalz sich breitmachte und der Ruf an uns ging, mitzuhelfen bei der Beseitigung der führenden Männer, folgtest du freudig und ohne Besinnen meinem Befehl. Du wusstest, dass der geradeste Weg zum Herzen von Verrätern noch immer die Pistolenkugel gewesen ist, und so drangst du in dem von den Franzosen besetzten Speyer in das Zimmer ein, in dem Heinz Orbis mit seinen Genossen tagte, und ihr schosset die ganze Gesellschaft zusammen. Zurückgekehrt nach abenteuerlicher Flucht, erledigtest du die ganze Angelegenheit mit deiner Meldung: Befehl ausgeführt. Du gehörtest zu den seltenen Männern, die handelten, ohne viel darüber zu reden. Wie du gelebt hast, bist du gestorben, im Kampf mit dem versagenden Flugzeug, im Kampf mit den hohen Wellen der Ostsee. Nicht nur wir, deine Eltern, deine Verwandten, deine Freunde und Kampfgefährten haben dich verloren, das ganze Deutschland hat dich verloren. Schlaf wohl, Hannes Miebach!«

Nach drei Ehrensalven wurden zahlreiche Kränze niedergelegt, darunter ein Kranz der Pfälzer, zum Dank für die Befreiung von Heinz Orbis. Die Fliegerkameraden legten noch Propeller und Steuerrad der Maschine Miebachs über das Grab. Dann senkten sich die Fahnen zum Lied »Ich hatt' einen Kameraden«.

DER KRIEGSVERBRECHER ALS DEPOTBUCHHALTER

Die Straße Unter Sachsenhausen, in der Nähe des Hauptbahnhofs, hatte sich zum Bankenviertel entwickelt. Ehemals war hier die Hochburg der Buchdrucker gewesen, doch der letzte war 1895 verschwunden. Stattdessen reihte sich nun ein repräsentativer Palast des Geldadels an den nächsten, vom Palais des Schaaffhausen'schen Bankvereins über den Gründerzeitbau der Kölnischen Hagel-Versicherung, dem spätklassizistischen Domizil der Kölnischen Feuer-Versicherungs-Gesellschaft bis hin zur neogotischen Reichsbank-Hauptstelle Köln. Unter Sachsenhausen 5–7 war die Adresse der Hauptniederlassung der Dresdner Bank in Köln. Missmutig trat hier am 2. Januar 1923 ein 25 Jahre alter promovierter Germanist aus Rheydt am Niederrhein seinen Dienst an. Niemand konnte ahnen, dass er wenige Jahre später zu einem der größten Kriegsverbrecher werden sollte.

Noch aber fühlte sich Paul Joseph Goebbels zum Schriftsteller berufen. Schon während seines Studiums hatte er nicht nur »verzweifelte Gedichte« verfasst, sondern auch Dramen, etwa über Judas Iscariot, oder Novellen wie *Bin ein fahrender Schüler, ein wüster Gesell*. Hoffnungsvoll hatte er seine Werke unter anderem der *Kölnischen Zeitung* zum Abdruck angeboten. Alle Verleger hatten dankend abgelehnt. Später sollte Goebbels sogar selbst Verständnis äußern, als er seine eigenen Texte als »schwülstig sentimental« und »kaum noch genießbar« bezeichnete.

Wovon aber sollte er leben? Mit einer nicht sonderlich gut bewerteten Promotion hatte er im November 1921 in Heidelberg sein Studium beendet. Und dann? Nichts. Keine berufliche Perspektive. Gerade einmal sechs Glossen brachte er in der *Westdeutschen Landeszeitung* unter, wo er im Herbst 1922 beim Feuilleton angestellt wurde, allerdings auch nur stundenweise und nur ein paar Wochen lang.

Und künstlerisch? Herrschte Flaute. »Meine Schöpfertätigkeit ist so gut wie null«, jammerte Goebbels. Seine finanziell klamme Familie drängte, dass er sich doch bitte sechs Jahre nach seinem Abitur und zwei Jahre nach seiner Promotion einen ordentlichen Beruf besorgen solle. Einen, der ihn auch ernähren würde. Aber woher nehmen in Zeiten der Wirtschaftskrise?

Hilfe kam von Goebbels' neuer Freundin, der Lehrerin Else Janke. »Ernste Schwierigkeit«, hatte Goebbels zwar 1922 hinsichtlich ihrer Beziehung notiert. »Sie gesteht mir ihre Abstammung. Seitdem der erste Zauber zerstört. Ich bin skeptisch gegen sie.« Else Janke nämlich hatte zwar einen christlichen Vater, aber eine jüdische Mutter. Immerhin, dank der Beziehungen ihrer Verwandten gelang es Goebbels schließlich, als Depotbuchhalter bei der Dresdner Bank in Köln unterzukommen. Wirklich froh war er darüber aber nicht. Er hatte sich einen etwas anderen Karriereweg erträumt. Mangels Alternativen musste er jedoch am 2. Januar 1923 seinen Dienst in Köln antreten.

Keine zehn Tage später, am 11. Januar 1923, marschierten französische und belgische Truppen ins Ruhrgebiet ein. Der sogenannte Ruhrkampf begann. Die Arbeiter streikten, wobei die Regierung für die Löhne aufkam. Diese Unterstützung des Ruhrgebiets war allerdings kostspieliger, als es sich die Weimarer Republik leisten konnte. Nicht nur wollten die streikenden Arbeiter bezahlt werden, zudem fiel mit dem bestreikten Ruhrgebiet auch das wirtschaftliche Zentrum des Reichs flach, was riesige Löcher in den Staatshaushalt riss. Das notwendige Geld wurde schließlich einfach gedruckt. Die Folge war Hyperinflation. Gespartes löste sich in Luft auf. Auf der Straße wurde zunehmend auf die deutsche Regierung geschimpft. Pure Absicht sei das von ihr, dass das Geld nichts mehr wert sei. Alle Welt solle sehen, dass die deutsche Wirtschaft nach dem Krieg am Boden liege und die immensen Reparationsforderungen der Siegermächte einfach nicht bewältigen könne.

Was ist schlimmer für einen Germanisten, der sich zum Dichter berufen fühlt, als in der Buchhaltung einer Bank zu arbeiten? Schlimmer ist, dafür noch nicht einmal ordentlich bezahlt zu werden. Sein Gehalt sei demütigend, klagte Goebbels, der trotz Berufstätigkeit auf finanzielle Unterstützung und Essenspakete seiner Eltern angewiesen blieb. Nicht einmal eine eigene Bleibe in Köln konnte er sich anfangs leisten, sodass er zunächst jeden Morgen ab 5.30 Uhr mit dem Zug von Rheydt im belgischen Besatzungsgebiet nach Köln hin und abends um 19.30 Uhr wieder zurück pendelte. »Scheußliche Fahrt«, schimpfte er, vorbei am Tagebau der Braunkohlegebiete um Grevenbroich. So war es erst einmal eine Erleichterung, als Goebbels endlich ein günstiges Zimmer in der Siebengebirgsallee in Klettenberg fand. Eine schöne Gegend. Gut, die Verkehrsanbindung hätte besser sein können.

Der Depotbuchhalter genoss das kulturelle Leben Kölns. Er schaute sich in der Oper die *Meistersinger* an, hörte Mahlers Neunte Sinfonie unter der Leitung von Otto Klemperer, dem Generalmusikdirektor der Kölner Oper, der vielen als bester Dirigent seiner Zeit galt. Goebbels besuchte das Wallraf-Richartz-Museum und das Ostasiatische Museum. Getrübt wurde das jedoch durch beständige Beziehungsprobleme. Mit Else kam es stetig zu Streitigkeiten. »Im Odeon in Cöln stellt sich heraus, dass wir kaum zusammen leben können«, notierte er. Sie probierten es jedoch erst einmal weiter.

Vielleicht rührten die Spannungen in ihrer Beziehung auch aus der Unzufriedenheit her, die Goebbels permanent empfand. Er hasste seine Arbeit. Das in der Bank verwaltete große Geld zog das Verbrechen an. Kaum hatte er seinen Dienst angetreten, es war gerade einmal Ende Januar 1923, da gesellte sich zum Ruhrkampf noch ein anderes großes Thema in die Diskussionen im Geldinstitut. Zwei ehemalige Mitarbeiter, Stieger und Berenbaum, waren vom Kölner Betrugskommissariat verhaftet worden. Sie hatten ihren Arbeitgeber, mit einem Aktienkapital von über einer Milliarde Mark eine der größten Banken im Reich, um etwa 50 Millionen Mark erleichtert. Ihr Komplize Josef Jansen, den die Polizei schon aus früheren Verfahren kannte, hatte als Beschäftigter des amerikanischen Konsulats einen Pass geklaut und auf einen falschen Namen ausgestellt. Unter dieser falschen Identität hatte er ein Konto bei der Dresdner Bank eröffnet. Stieger und Berenbaum erleichterten nun volle Konten unauffällig und transferierten das Geld auf das Konto ihres Komplizen, der es dann unter Mitwirkung seiner Genossen abhob. Die Sache flog aber auf, weil es bei einer Überweisung einen Zahlendreher gab. Stieger und Berenbaum wurden wegen Urkundenfälschung in Verbindung mit Betrug festgenommen. Josef Jansen hatte sich da schon nach Amerika abgesetzt.

Mehr noch als solche Vergehen widerte den verhinderten Poeten Goebbels jedoch der tägliche Kontakt mit der »heiligen Spekulation« an. »Cöln ein Ekel, die Bank eine Sinnlosigkeit. Krank an Körper und Geist. Nicht mehr auszuhalten«, klagte er und hoffte auf eine baldige Revolution: »Die Inflation. Tolle Zeiten. Der Dollar klettert wie ein Jongleur. Bei mir heimliche Freude. Ja das Chaos muss kommen, wenn es besser werden soll.«

Goebbels stieß sich hauptsächlich am Geschäftsgebaren seiner Kollegen in diesem »Tempel des Materialismus«. Die Infla tion traf schließlich nicht alle Menschen gleich hart. Es gab auch Profiteure. Etwa Schuldner, deren Verpflichtungen sich mit dem Wertverfall des Gelds fast schon in Luft auflösten. Allen voran das Deutsche Reich, dessen ausstehende Kriegsanleihen elegant beglichen werden konnten. Während Kleinanleger ihre Ersparnisse verloren und der Lohn der Arbeitnehmer oder die Rente der Senioren nichts mehr wert war, schlugen Spekulanten aus der Finanzkrise Profit. Aktien eigentlich profitabler Betriebe standen plötzlich für Spottpreise zum Verkauf, Aktien anderer Betriebe stiegen als verlässliche Sachwerte unvermittelt hoch im Kurs. Groß war die Versuchung für alle, die da Insider-Wissen hatten. Goebbels berichtet, wie seine Kollegen vom Kurssprung einer Aktie erfuhren und nichtsahnenden Aktionären schnell noch Papiere zum alten Preis abkauften. »Eine ganz gemeine, lumpige Betrügerei«, schrieb er.

Nicht, dass er nicht selbst versuchte hätte, ebenfalls aus der Inflation Vorteile zu ziehen. Goebbels hatte sich nämlich sein Studium nur finanzieren können, weil er vom katholischen Albertus-Magnus-Verein in Köln von 1917 bis 1920 insgesamt 960 Mark als zinsloses Darlehen erhalten hatte. Diesen Kredit wollte Goebbels am 15. Mai 1923, also mitten in der Inflation, mit einer Summe begleichen, die nur etwa 109 Goldpfennige wert war. Der Verein wollte das nicht hinnehmen und ging vor Gericht. Nach langen Auseinandersetzungen sollte Goebbels schließlich am 3. Juli 1929, mittlerweile zum Lautsprecher des Nationalsozialismus emporgestiegen, zu einer Zahlung von 400 Reichsmark verurteilt werden. Die Zahlung blieb er bis 1930 schuldig.

In seine Kölner Zeit, als die junge Weimarer Republik immer tiefer in die Krise geriet, fiel auch, dass Goebbels sich zum radikalen Antisemiten entwickelte. Noch im Februar 1919 hatte er geschrieben, dass er »übertriebenen Antisemitismus nicht besonders leiden« möge. Zwar, so schrieb er weiter, könne er »nicht gerade sagen, dass die Juden meine besonderen Freunde wären, aber ich meine, durch Schimpfen und Polemisieren oder gar durch Pogrome schafft man sie nicht aus der Welt, und wenn man es auf diese Weise könnte, dann wäre das sehr unedel und menschenunwürdig«.

Dass er im Juli 1923 einen längeren Artikel in der *Kölnischen Zeitung* unterbringen konnte, ließ Goebbels seine Situation bei der Bank nicht erträglicher erscheinen. Verzweifelt suchte er verschiedene Ärzte auf, bis ihn endlich einer krankschrieb. Anstatt aber pflichtgemäß daheim das Bett zu hüten, beschloss er, heimlich etwas zu reisen. Else war begeistert. Gemeinsam fuhren sie im August 1923 nach Baltrum. Weil die Reise sie aus der Besatzungszone herausführte, hatten sie mit Passschwierigkeiten zu kämpfen, bevor es mit dem Bummelzug Richtung Emden losging und sie nach langer Fahrt in Norddeich das Boot nach Baltrum bestiegen.

Zurück reisten sie im September im strömenden Regen über Neßmersiel. »Else trocknet ihre Sachen in Norden. Abends zurück nach Bremen.« Nach Köln zurückgekehrt, fand er in seiner Wohnung die Quittung für seine unerlaubte Reise: Die Kündigung von der Dresdner Bank.

Er verheimlichte sein Scheitern zunächst den Eltern, schrieb ihnen aus Köln, er sei krank. Arbeitslosenunterstützung erhielt er nicht. Etwa 700.000 Einwohner hatte Köln. Davon waren rund 120.000 arbeitslos. Bei den entsprechenden Stellen wuchsen die Schlangen ins Unermessliche. »Ich habe nicht die nötige freche Ausdauer«, meinte Goebbels. Else half ihm aus, gab ihm zehn Gulden. Trotzdem musste er hungern. »Ich lebe eine Woche von einem Gulden. Tage voll Sorge und Arbeitslosigkeit.« Er besuchte die Kölner Kirchen. Er suchte verzweifelt eine neue Stelle. Und er begann im Herbst eine neue schriftstellerische Arbeit: »Prometheus brennt mir auf der Seele«, notiert er: »Dann ein Zeitdrama.« Er nannte es *Der Wanderer*.

Erst im Oktober kehrte er heim nach Rheydt. Um Reisegeld musste er den Vater anpumpen. Der gescheiterte Banker interessierte sich fortan für die verbotene NSDAP. Hitler sorgte reichsweit für Aufsehen, als er am 8. November 1923 im Münchner Bürgerbräukeller einen dilettantischen Putschversuch unternahm. Obwohl im Frühjahr 1924 vom Volksgericht in München zu fünf Jahren Festungshaft verurteilt, kam er nach nur neun Monaten wegen guter Führung vorzeitig frei. Nachdem die NSDAP 1925 wieder legal geworden war, trat Goebbels ihr bei, wurde schon bald Gauleiter von Berlin und trennte sich von Else Janke.

Als Reichspropagandaminister würde Goebbels wiederholt nach Köln zurückkommen. »Hier habe ich ein Jahr gelitten«, würde er am 29. März 1936 anlässlich eines Besuchs in sein Tagebuch notieren. »Die deutsche Nation will keinen Krieg«, würde Goebbels bei einer Kundgebung in den Kölner Messehallen, am 19. Mai 1939, in die Menge rufen: »Der Führer ist ein Friedensfreund. Er will wirklich den Frieden. Die Wahl liegt bei den anderen, nicht bei uns. Wir sind bewaffnet bis an die Zähne und vertrauen blind auf den Mann, der Deutschland aus seinem tiefsten Fall von 1919 zur Höhe von 1939 emporführte.« Im Februar 1943 würde Goebbels selbst dann den »totalen Krieg« fordern.

Bei Besuchen am 8. Juli 1943 und am 4. Oktober 1944 würde er, der Ehrenbürger der Stadt Köln, dann die immensen Schäden der Luftangriffe besichtigen und Durchhalteparolen verbreiten. Auch die prunkvollen Gebäude der Straße Unter Sachsenhausen waren fast komplett zerstört. Goebbels würde dafür sorgen, dass dem bereits verlorenen Krieg zuletzt auch die minderjährigen Kämpfer des Volkssturms geopfert werden würden. Auch vor seinen eigenen sechs Kindern, zwischen vier und zwölf Jahre alt, würde er nicht Halt machen. Mit Blausäure sollte er sie vergiften lassen, kurz bevor er und seine Ehefrau sich selbst am 1. Mai 1945 das Leben nehmen würden.

Und am 27. April 1989 sollte der Rat der Stadt beschließen, dass alle zwischen 1933 und 1945 gefassten Beschlüsse zur Verleihung von Ehrenbürgerrechten von Anfang an nichtig waren. Goebbels ist also nie Ehrenbürger der Stadt Köln gewesen.

HINTERHALT IN ODENTHAL

Bitterkalt und verschneit war es am 18. Februar 1924, als ein Polizeiauto mit offenem Verdeck von Odenthal nach Köln fuhr. Drinnen saßen neben den Polizisten drei Personen, die in Verdacht standen, zu einer berüchtigten Falschmünzerbande zu gehören. Der Wagen steuerte direkt auf einen blutigen Hinterhalt zu.

48 Millionen Mark verdiente im Herbst 1923 ein städtischer Arbeiter mit Frau und zwei Kindern. Und das in einer einzigen Woche. Kaufen konnte er sich davon aber kaum etwas. Ein Brot kostete allein schon zehn Millionen, ein Kilo Kartoffeln fünf Millionen Mark. Die Inflation war eine Spätfolge des so kostspieligen Weltkriegs, der überall in Mangel gipfelte. Dringend war dabei Metall benötigt worden. Deshalb hatten nicht nur die Kirchen ihre Glocken hergeben müssen. Auch die Metallvorräte der Bürger hatte der Staat herangezogen, von Gold über Messing bis Kupfer. »Gold gab ich für Eisen«, hatte auf den Werbeplakaten gestanden. Metall war so wertvoll geworden, dass der Materialwert des kursierenden Münzgeldes irgendwann über den aufgeprägten Wert

gestiegen war, weshalb man dann auch dieses Kleingeld lieber der Rüstungsindustrie zugeführt hatte.

Nach dem Krieg besserte sich die Situation nicht. Deutschland war immer noch faktisch pleite. Woher das Geld nehmen? Die Reichsbank druckte es einfach. Aber irgendwann merkten die Menschen, dass sie eigentlich nur buntes Papier in der Hand hatten. Die Folge war eine Hyperinflation, wegen der wiederum neues Geld hergestellt werden musste. Weil die Reichsbank mit dem Drucken des Geldes nicht mehr hinterherkam, gaben einige Städte und Regionen immer wieder eigene Scheine heraus – so auch Köln, das bereits während des Kriegs ohne Erlaubnis der Reichsbank jenes Kleingeld gedruckt hatte, das wegen des Metallmangels überall fehlte. Im Jahr 1920 begann die Stadt Köln abermals, eigenes Geld auszugeben. Man fing an mit 20- bis 100-Mark-Scheinen, 1922 war man bei 1000-Mark-Scheinen angelangt. 1923 druckte Köln 100-Billionen-Scheine.

Die Bevölkerung hatte schon fast den Überblick über die verschiedenen teils nur lokal und für eine eingeschränkte Zeit gültigen Geldscheine verloren, die schnell und billig hergestellt wurden – von Reichsbanknoten über Notgeldscheinen der Stadt bis hin zu dem, was Landesbank, Reichsbank oder Bankvereinigung so herausgaben. Günstige Zeiten für Falschmünzer. Vor allem Buchdrucker, die über das handwerkliche Wissen verfügten, gerieten schnell in Versuchung. Es kam zu zahllosen Verhaftungen.

Falsche 20-Billionen-Mark-Scheine, Notgeld der Stadt Köln, kursierten Ende 1923, Anfang 1924 in Köln und Umgebung. Darüber, ob sie nun besonders geschickt oder besonders plump nachgemacht waren, gingen die Einschätzungen auseinander. Die Falschgeldstelle erreichte im Februar 1924 eine vertrauliche Mitteilung, derzufolge die fraglichen Blüten im beschaulichen Glöbusch bei Odenthal angefertigt würden, und zwar von den Brüdern Josef und Heinrich Eck, deren Schwager Wilhelm Schiefer sowie Urban Breitbach.

Erfreut über diese heiße Spur, erklärte sich der städtische Sparkassendirektor bereit, die Kosten für Autofahrten der Polizei nach Odenthal zu übernehmen, woraufhin am 16. Februar zwei Kriminalbeamte ins Rechtsrheinische fuhren. Unterstützt von den örtlichen Polizeiorganen durchsuchten die beiden das Gehöft der Witwe Eck. Und tatsächlich: Im Stall, unter Stroh versteckt, entdeckten sie zwar nicht die Steindruckhandpresse selbst, aber immerhin deren Untergestell. Offensichtlich war, dass die dazugehörige Presse vor noch nicht langer Zeit in Betrieb gewesen war, denn es fanden sich auch frische Farbspuren. Kurz darauf spürten die Polizisten auch Josef Eck und Wilhelm Schiefer auf, die sie sofort festnahmen. Nicht habhaft wurden sie der Verdächtigen Heinrich Eck und Urban Breitbach. Die waren offenbar gewarnt worden und hielten sich verborgen. Immerhin die beiden anderen konnte die Polizei mit nach Köln mitnehmen.

Im Interesse der weiteren Aufklärung und um die anderen Verdächtigen in Gewahrsam zu nehmen, erschien zwei Tage später, am 18. Februar, eine erneute Autofahrt nach Odenthal als dringend notwendig. Quellen hatten berichtet, dass die Brüder Eck das Druckgerät vor der Razzia auf einem Dungwagen aufs Feld gefahren und dort versteckt hätten. Wieder schickte die Kriminalpolizei ein Auto, geführt von den Polizeiwachtmeistern Johann Eschweiler und Peter Stommel von der Fahrbereitschaft.

Am Nachmittag nahmen die Polizisten Heinrich Eck, die Ehefrau des zwei Tage zuvor ins Gefängnis gesteckten Wilhelm Schiefer sowie den Knecht Joseph Schmitz fest und brachten sie zum Verhör ins Bürgermeisteramt von Odenthal. Während zwei Beamte noch Zeugen in Bergisch Gladbach vernahmen, sollten die anderen die Festgenommenen nach Köln bringen.

Abends um 21.30 Uhr fuhr der offene Polizeikraftwagen von der Bürgermeisterei ab, durch den Schnee über die Landstraße Dünnwald-Dabringhausen in Richtung Köln zum Gefängnis. Am Steuer und somit auf dem rechten Vordersitz saß Polizeiwachtmeister

Johann Eschweiler, neben ihm Kriminalassistent Theodor Dresen. Auf der rechten Rückbank saß Polizeiwachtmeister Peter Stommel neben der festgenommenen Frau Schiefer, dahinter Heinrich Eck und Joseph Schmitz. Etwa zehn Minuten war das Auto unterwegs und näherte sich der Dhünnbrücke kurz vor Hoverhof. Da sah Wachtmeister Eschweiler im rechten Straßengraben, kurz vor einer Tannenschonung, mehrere Männer, die zweimal »Halt« riefen. Etwa 20 bis 15 Schritte waren sie noch entfernt, als ein Pistolenschuss in der linken Stirnseite des Kühlers einschlug. Weitere Kugeln zischten durch das Auto, landeten in der linken Innenseite und der Rückwand. Eine Schrotgewehrladung schlug knapp unterhalb des Steuerrads ein, verletzte Eschweiler leicht am rechten Auge und an der rechten Hand, um dann in die linke Verschalung der Karosserie zu fahren. Die nächste Schrotgewehrsalve wurde zum Teil durch zwei Streben des zusammengeklappten Verdecks aufgehalten. Die restlichen Schrotkörner aber fanden ihren Weg durch die Zwischenräume.

»Ich habe einen sitzen«, sagte Polizeiwachtmeister Peter Stommel und dann noch einige nicht klar zu verstehende Worte. Weitere Kugelschüsse in den Kühler und den Benzintank legten das Auto endgültig lahm. Auf das nun stehende Fahrzeug schossen die Angreifer weiterhin ein. Endlich sprangen der verletzte Johann Eschweiler und Theodor Dresen mit gezückten Pistolen hinaus. Zwar schien der Mond hell, doch durch den Dampf des zischenden Kühlers konnten sie kaum feststellen, ob es sich um drei oder vier Angreifer handelte, geschweige denn ihre Gesichter erkennen. Durch die nebelige Luft folgte ein kurzes Feuergefecht. Dresen gab aus einer Browningpistole drei scharfe Schüsse ab, Johann Eschweiler feuerte ebenfalls, woraufhin die Wegelagerer das Feuer einstellten und in das dicht hinter ihnen gelegene Tannenwäldchen flohen.

Die Festgenommenen im Wagen waren unverletzt geblieben. Der 27 Jahre alte Peter Stommel war in sitzender Stellung noch am Tatort verblutet. Die Kugeln hatten ihn in der Kreuzgegend des

Rückens getroffen und ihm Teile des Herzens, der Lunge und der Leber, vor allem aber die große Körperschlagader zerrissen. Seine Leiche wurde in die Leichenhalle des Alexianerklosters überführt.

Ein Großaufgebot von Kriminalbeamten fuhr am nächsten Morgen zur Razzia nach Odenthal und in die umliegenden Ortschaften. Sicher war man sich nicht, ob es sich lediglich um einen Racheakt gegen die Polizei gehandelt hatte oder ob der Überfall die festgenommenen Personen hatte befreien sollen. Der Verdacht konzentrierte sich auf Verwandte und Freunde der inhaftierten Falschmünzer. Urban Breitbach wurde direkt aus dem Bett verhaftet, ebenso etliche weitere Personen. Bei den Durchsuchungen fand man jedoch nur eine einzige alte Pistole.

Sämtliche Festgenommenen leugneten, am Hinterhalt beteiligt gewesen zu sein oder auch nur davon gewusst zu haben. Die Polizei kam einfach nicht weiter. Selbst eine ausgelobte Belohnung von 2000 Goldmark half nichts. Also waren Polizei und Staatsanwaltschaft auf Vermutungen zurückgeworfen. Kommunisten seien das, die mit dem Falschgeld irgendwelche dunklen Projekte finanzierten. Verzweifelt versuchten sie, die Angeklagten und deren Angehörige mit fingierten Briefen zu Geständnissen zu bewegen oder an belastendes Material zu gelangen. Auch Spitzel, etwa Mitgefangene, setzte man mit Erlaubnis der Gefängnisdirektion ein. Zunächst ohne nennenswertes Ergebnis.

Schließlich jedoch gab es ein Geständnis. Der wegen des Verdachts der Mittäterschaft verhaftete Johann Großbach schien im Gefängnis weich zu werden. Er gab zu, die Schrotschüsse auf das Auto abgegeben zu haben. Kurze Zeit später wurde bei ihm allerdings eine Haftpsychose diagnostiziert. Letztlich sollte er gleich 13 Geständnisse zum Überfall ablegen – die einander allerdings nicht selten widersprachen und in unterschiedlichem Umfang von ihm widerrufen wurden. Dann verstummte er ganz.

Am 7. Juni 1926 begann am Appellhofplatz der Prozess vor dem Kölner Schwurgericht. Der brachte allerdings kaum Aufklärung.

Als man mit der Verhandlung nicht weiterkam, trat als Höhepunkt die Mutter des erschossenen Peter Stommel unangekündigt als Zeugin auf. Sie berichtete, wie sie ungefähr 14 Tage nach dem Tod ihres Sohns jene Frau besucht hatte, die als Festgenommene in dem Auto gesessen hatte, um von ihr etwas über die letzten Augenblicke ihres Sohns zu erfahren. Dabei sei auch ein junger Mann ins Zimmer getreten. Als sie sich als die Mutter des Getöteten zu erkennen gegeben habe, sei dieser Mann kreidebleich geworden und habe sich am Tisch festhalten müssen. Das habe sie damals nicht verstanden, aber als sie nun an diesem Tag erstmals im Gerichtssaal erschienen sei, um auch einmal der Verhandlung beizuwohnen, habe sie zu ihrem großen Erstaunen in Johann Großbach denjenigen wiedererkannt, der ihr bei ihrem Besuch durch sein seltsames Verhalten so sehr aufgefallen war.

Als der Vorsitzende daraufhin Großbach, der während des gesamten Prozesses nur apathisch dasaß, aufforderte, endlich sein Schweigen zu brechen, blieb der Angeklagte weiterhin stumm – auch als die Mutter von Stommel auf ihn zuging und ihn eindringlich beschwor, den Mund aufzutun. Sie habe ihm doch an jenem Tage schon leidgetan, er möge doch nur ein kleines Wort sagen. Großbach aber sah an der bittenden Mutter vorbei und schwieg.

Nach dreiwöchigem Mammutprozess mit über 100 Zeugen rang sich das Gericht am 26. Juni 1926 nach fast achtstündiger Beratung dazu durch, Großbach und zwei Mitangeklagte des gemeinsamen Totschlags für schuldig zu erklären. Großbach erhielt sechs Jahre Zuchthaus, seine Mitangeklagten ebenfalls sechs beziehungsweise drei Jahre. Heinrich Eck und Urban Breidbach wurden vom Vorwurf des Totschlags freigesprochen. Nicht, wie das Gericht betonte, weil ihre Unschuld erwiesen sei, denn es sei klar, dass sie in irgendeiner, wenn auch unklarer, Weise mit der Sache verknüpft seien. So schloss das Gericht die Verhandlung mit der Vermutung, dass sich die wirklichen Drahtzieher noch im schützenden Dunkel befänden.

EIFERSUCHT UM SARTORY

In die neuen Messehallen am Rheinufer in Deutz lud Köln ab dem 15. Mai 1925 zur *Jahrtausendausstellung der Rheinlande*. Als Reaktion auf die wenig diskrete Unterstützung des französischen Staats gegenüber separatistischen Tendenzen im Rheinland waren einige deutschnational gestimmte Wissenschaftler in die Archive und in sich selbst gegangen und hatten festgestellt, dass das Rheinland eine zutiefst deutsche Region sei. Und, wie es der Zufall wollte, seit genau 1000 Jahren. Seit dem Jahr 925 nämlich, als sich Herzog Giselbert von Lothringen der Herrschaft Königs Heinrich I. unterworfen hatte. Dieses letztlich doch eher unverhoffte Jubiläum sollte nun allenthalben groß gefeiert werden. Überall entlang des Rheins wurden Jahrtausendfeiern veranstaltet. Besonders groß fielen die Festivitäten jedoch in Köln aus. Etwa 1,4 Millionen Besucher kamen letztlich bis zu ihrem Ende am 15. August 1925 in die Messehallen, um sich all die Objekte und Fotografien, Modelle und Gipsabdrücke, die Grafiken und Pläne anzuschauen, die trotz überaus kurzer Vorbereitungszeit zusammengesammelt worden waren.

10. Dezember 1924

Bei all dem Trubel und den Sensationen rückte ein spektakulärer Prozess völlig in den Hintergrund, der kurz nach Ausstellungseröffnung, nämlich am 23. Mai 1925, vor dem Kölner Schwurgericht verhandelt wurde. Es ging um Mord.

Im Jahr 1919 hatte Angelika Sartory das alte Weinhaus in der Richmodisstraße übernommen und nach kurzer Renovierung unter ihrem Namen neu eröffnet. Täglich sorgte hier ab 16 Uhr eine Salonkapelle für Musik. Damals war die Wirtin frisch von Franz Sartory geschieden. Die geborene Glaßmacher wollte nun in Zeiten, da die Frauen vor dem Gesetz endlich völlig gleichberechtigt waren, ihre Unabhängigkeit ausleben. Dabei behängte sie sich mit ausgefallenem und auffallendem Schmuck und umgab sich mit jüngeren Herren. Als Geschäftsführer und Barmeister ihres Weinhauses engagierte die Prinzipalin etwa den 1894 in Vanikum bei Rommerskirchen geborenen Josef Helmig. In der Öffentlichkeit bezeichnete sie ihn sogar als ihren Bräutigam. Das hinderte sie nicht daran, auch ihrem Chauffeur näherzukommen, dem noch jüngeren, 1900 im oberfränkischen Walsdorf geborenen Stefan Spohr. Die jungen Herren reagierten darauf nicht immer souverän. Es kam zu Eifersuchtsszenen und öffentlich ausgetragenen Auseinandersetzungen.

»In der Nacht vom 10. zum 11. Dezember 1924 hat der Geschäftsführer des Weinrestaurants Sartory, Helmig, dem Chauffeur Spohr in dem Hause Richmodisstraße 5 mehrere Messerstiche beigebracht«, berichtete Polizeipräsident Karl Zörgiebel dem Regierungspräsidenten Sigmund Maria Graf Adelmann von Adelmannsfelden. »An den Folgen dieser Verletzungen ist Spohr im Bürgerhospital, wohin er überführt worden war, gestorben.«

Was war geschehen? Josef Helmig war an jenem Abend nach reichlich Alkoholkonsum in die Privatwohnung der Sartory heimgekehrt, die sich in der zweiten Etage über der Wirtschaft befand. Dort war es zum Streit gekommen. Nachdem Helmig fand, dass er mit der Sartory abgerechnet habe, verließ er die Wohnung. Im dunklen Treppenflur stieß er leider mit Chauffeur Spohr zusammen. Helmig will geglaubt haben, einen Einbrecher vor sich zu haben, der ihn beim Hinaustreten anfalle, sodass er glaubte, sich verteidigen zu müssen. Erst als sein Gegenüber verletzt die Treppe hinuntergelaufen sei und »Krankenwagen« gerufen habe, habe er die Stimme des Chauffeurs wiedererkannt.

»Seine Darstellung erscheint jedoch unglaubwürdig«, urteilte Polizeipräsident Zörgiebel. Der Chauffeur Spohr war nämlich lediglich mit Hemd und Hose bekleidet und offenkundig in dieser Aufmachung auf dem Weg zum Schlafzimmer der Sartory. Auch andere Zeugenaussagen legten mehr als nahe, dass Helmig über die Identität des vermeintlichen nächtlichen Einbrechers und dessen wahrscheinliche Absicht wohlunterrichtet gewesen sei. Entsprechend habe er den Zufall des nächtlichen Zusammenstoßes willig zur Kühlung seiner Rache benutzt.

Helmig versetzte seinem Rivalen mit einem dolchartigen Messer mehrere Stiche in die Brust, den Rücken, Leib und in einen Arm. Der verletzte Spohr flüchtete in sein Zimmer, das er im selben Haus hatte, wo er sich sicherheitshalber einschloss. Ein offenkundig wieder zur Besinnung gekommener und vom schlechten Gewissen geplagter Helmig rief daraufhin schnell um Hilfe. Die Feuerwehr brachte Spohr ins Bürgerhospital am Neumarkt. Helmig wurde umgehend verhaftet. Spohr starb gegen 20 Uhr am Abend des folgenden Tages infolge des großen Blutverlusts.

Die Staatsanwaltschaft ging von Mord aus. Die Tat sei vorsätzlich und wohlüberlegt erfolgt. Weil eine Überlegung aber nicht nachweisbar war, ließ der Staatsanwalt diese Anklage letztlich fallen, nicht aber den Vorwurf des Vorsatzes und beantragte wegen Totschlags unter Verneinung mildernder Umstände 15 Jahre Zuchthaus. Das Kölner Schwurgericht bezweifelte beim Prozess am 23. Mai 1925 den Vorsatz. Die Geschworenen erkannten nur auf Körperverletzung mit tödlichem Ausgang. Josef Helmig wurde zu einer Zuchthausstrafe von sieben Jahren verurteilt.

22 UHR AB KREFELD

Genau 23.53 Uhr Ortszeit war es, als die Dampfwolken des etwas verspäteten Personenzugs aus Krefeld die kalte Luft des Kölner Hauptbahnhofs füllten. Noch sieben Minuten bis Heiligabend 1924. Zwar war erst in Deutz Endstation, doch kontrollierten Bahnbeamte schon einmal die Wagen. Als sie in ein Abteil der Zweiten Klasse schauten, entdeckten sie dort einen älteren Mann in einer Blutlache auf dem Boden liegen. Ein Revolverschuss hatte seinen Hinterkopf zertrümmert. Die abgefeuerte Patrone fand sich auf einem Polster des Abteils. Kaliber neun Millimeter. Auch die Bank war mit Blut beschmiert.

Die Papiere in den Taschen des Toten wiesen diesen als den früheren Major und nunmehrigen Gutsbesitzer Carl Kröner aus Ennetach in Württemberg aus. Mitgeführte Briefe verrieten, dass er Verwandte in Krefeld besucht hatte und sich auf der Heimreise zu seiner Frau befand. Seiner Fahrtkarte zufolge war er mit dem Zug um 22 Uhr von Krefeld losgefahren. Auf Höhe des Bahnhofs Neuss hatte der Eisenbahnschaffner noch mit Kröner gesprochen.

23. Dezember 1924

Er hatte allein in seinem Abteil gesessen. Überhaupt war im ganzen Wagen nur noch eine Dame gewesen.

Nach eingehender Untersuchung der Leiche entdeckte die Kriminalpolizei an ungewöhnlicher Stelle der Kleidung versteckt Bargeld. Ansonsten waren im Abteil keinerlei Wertgegenstände. Nahe lag somit der Gedanke an einen Raubmord. Die Polizei fand, dass im Nachbarabteil die Deckenlampe durch Zusammenbinden der Abblendungsklappe verdunkelt worden war. Also, so vermutete sie, wird sich der Mörder wohl erst hier versteckt haben. Dann dürfte er wahrscheinlich über das zwischen den beiden Abteilen liegende Klosett zu seinem Opfer gelangt sein. Auf dem Boden des Abteils fanden die Ermittler einen kleinen, schlichten Ehering aus Messing. Womöglich hatte der Täter ihn im Eifer des Gefechts verloren. Das könnte ein wichtiges Indiz sein.

Schnell konnte ermittelt werden, was Kröner geraubt worden war: Eine goldene Herrenuhr aus der Schweizer Fabrik Lange, auf deren Sprungdeckel die Buchstaben »C. K.« eingraviert waren. Eine silberne Sportkette mit einem St. Georgstaler, einem Schutzamulett für Reiter und Soldaten. Eine längliche schmale Lederhandtasche mit einigen Toilettenartikeln. Und dann teure Weihnachtsgeschenke: Zwei Zinn-Terrinen aus der Krefelder Fabrik J. P. Kayser & Sohn, ein Brillantring und eine goldene Damenarmbanduhr.

Nicht nur Regierungspräsident Sigmund Maria Graf Adelmann von Adelmannsfelden und die Verwandten des Ermordeten lobten für die Ergreifung des Mörders umgehend eine Belohnung aus. Auch Franz von Guérard, der Eisenbahndirektionspräsident in Köln, steuerte Geld bei. Er war in Sorge, dass sich Bahnreisende nicht mehr sicher fühlen würden, bis der Täter gefasst wäre. 3000 Mark kamen so zusammen. Über fehlende Hinweise aus der Bevölkerung konnten sich die Ermittler dann auch nicht beschweren.

Schnell konzentrierte sich die Fahndung auf einen jungen Mann, etwa 25 Jahren alt, grau gekleidet bis hin zur Sportmütze. Verlottert habe er ausgesehen und sich auf dem Bahnsteig in Krefeld von einer Gruppe Ausländer losgelöst, um auf verdächtige Art am Zug entlangzugehen und in die Abteile zu schauen. Der sei von so schmächtiger Gestalt gewesen, dass auf seinen Ringfinger gewiss der am Tatort gefundene kleine Messingring passen müsste. Tatsächlich konnte man schon am 28. Dezember auch einen auf diese Beschreibung passenden Mann festnehmen. Untersuchungen ergaben aber rasch, dass er mit der Angelegenheit nichts zu tun hatte. Trotzdem blieb er in Haft. Es stellte sich heraus, dass die Polizei schon längere Zeit wegen Einbruchs nach ihm gefahndet hatte.

Bald daraauf konnte die Polizei aber als erste heiße Spur bei einem Kölner Uhrmacher die geraubte goldene Damenarmbanduhr beschlagnahmen. Die hier gewonnenen Erkenntnisse passten zu einem Hinweis aus der Bevölkerung, der den 24-jährigen Fuhrmann Anton Pesch aus Worringen schwer belastete. Schon oft habe dieser Reisende bestohlen, die allein im Abteil sitzend in den frühen Morgen- und späten Abendstunden vom Schlaf übermannt worden waren.

Wie aber Pesch finden, ohne dass er dabei gewarnt wurde und irgendwo in Deutschland untertauchte? Die elterliche Wohnung in Worringen mied er, weil er wegen eines länger zurückliegenden Einbruchs gesucht wurde. Da Pesch häufig in den Zügen zwischen Köln und Krefeld nach Beute Ausschau hielt, leitete die Polizei eine Überwachung der Züge auf dieser Strecke ein. Ohne Ergebnis. Dann aber kam der Tipp, dass Pesch häufig die in einer Ziegelei in Fühlingen wohnende Familie des 23-jährigen Arbeiters Wilhelm Meisen besuche. Ein mit zehn Kriminalbeamten besetztes Auto fuhr deshalb am 4. Januar 1925 nach Fühlingen. In der Dunkelheit legten sich die Männer auf die Lauer und warteten.

Tags zuvor war Anton Pesch zusammen mit Meisen und dem 25-jährigen Installateur Otto Grotefeudt in eine Villa in Dormagen eingebrochen. Die Beute, Bargeld, Zigarren, ein Fernglas, eine Aktentasche und anderes, hatten sie unter sich aufgeteilt und den Rest auf dem Heumarkt verkauft. Nun kamen die drei, alle trotz ihrer Jugend schon wiederholt vorbestraft, gegen Mitternacht laut singend die Landstraße bei Fühlingen entlang, ohne zu wissen, dass die Polizei sie bereits im Visier hatte. Ihnen entgegen fuhr das Polizeiauto, das zwischenzeitlich eine Erkundungsfahrt nach Worringen unternommen hatte. Als die drei Männer in den Lichtkegel der Scheinwerfer gerieten, war Anton Pesch eindeutig zu erkennen. Mit einem Ruck bremste das Auto ab. Von allen Seiten sprangen die Beamten aus ihren Verstecken. Pesch packte mit seiner Hand vorn in seinen Hosenbund, um seine mit neun scharfen Patronen geladene Armeepistole zu ziehen. Da wurde er aber schon überwältigt.

Im Auto ging es zum Verhör nach Köln. Die Polizei zeigte Pesch ein Bild des toten Opfers. Der Verdächtige erklärte seelenruhig, er habe diesen Mann noch nie gesehen. Dann aber konfrontierte die Polizei ihn mit den zusammengetragenen Beweisen. Nach und nach gab er mehr zu, bis er schließlich doch ein umfassendes Geständnis ablegte. Vierter Klasse sei er am 23. Dezember nach Neuss gefahren. Dort habe er im Gegenzug einen Alleinreisenden in der Zweiten Klasse entdeckt. Also habe er schnell den Zug gewechselt, sei aber zunächst im falschen Waggon gelandet. Am Bahnhof Nippes sei er schließlich, als der Zug bereits zum Weiterfahren anzog, von der verkehrten Seite in das angrenzende Abteil hineingesprungen. Nachdem er das Licht verdunkelt habe, sei er leise über das Klosett ins Abteil seines Opfers gekommen. Mit der Pistole in der rechten Hand habe er befohlen, ihm sein Geld zu geben. Kröner sei aufgesprungen. Da habe er ihn in den Kopf geschossen. Nachdem sein Opfer auf das Polster zurückgesunken sei, habe er ihm seine Wertsachen abgenommen und im Hauptbahnhof in Köln den Zug verlassen. Zu spät habe er bemerkt, dass er seinen Ring aus der Westentasche verloren hatte. Und die Beute? Die habe er versetzt oder im Rhein versenkt.

DER BETROGENE BOXER

Mit glitzernden Augen hatte 1921 der damals 16 Jahre alte Lehrling Maximilian Adolph Otto Siegfried Schmeling in Hamburg im Kino gesessen. Es lief ein Film über den Weltmeisterschaftskampf zwischen Jack Dempsey und Georges Carpentier. Was für ein Schauspiel. Boxen! Max war sofort Feuer und Flamme. Täglich ging er ins Kino, um zu sehen, wie der Amerikaner Dempsey, Spitzname The Manassa Mauler, vor mehr als 80.000 Zuschauern den Kriegshelden der Franzosen, genannt Orchid Man, in der vierten Runde auf die Bretter schickte. Fast Schmelings ganzes Geld ging dabei drauf. In der Kaiserzeit war Boxen noch verpönt, teilweise gar verboten gewesen. Gerade einmal zwei Jahre war es her, dass in Deutschland der erste öffentliche Boxkampf ausgetragen werden konnte. Nun aber ritt der Boxsport auf einer immensen Popularitätswelle. Auch Max Schmeling wollte Boxer werden.

Wo aber konnte man boxen? Es gab in Deutschland kaum eine funktionierende Infrastruktur. Da raunte ein Arbeitskollege, der mit Max an der Presse arbeitete, mit der in der Firma Wilkens die

Rechnungen vervielfältigt wurden, das Wort »Rheinland« ins Ohr. Da sei das Boxen gut organisiert. Dort, so sagte sein Kollege, seien unter den englischen Besatzern mehrere Boxvereine entstanden. In England habe nämlich das Boxen Tradition. Tatsächlich war bereits im Jahr 1906 in Köln der SC Colonia 06 gegründet worden, der durch einen in der Stadt lebenden Engländer namens Jack Slim schon zu Zeiten des offiziellen Verbots eine diskrete Boxsparte entwickelt hatte. 1921 war es dann auch ein Boxer von Colonia 06, Hein Domgörgen, der die deutsche Amateurmeisterschaft im Mittelgewicht gewann.

Köln! Schmeling steigerte sich in eine regelrechte Rheinland-Begeisterung hinein. Er fasste sich ein Herz, ließ Hamburg zurück und fuhr 1922 in der Holzklasse der Bahn nach Düsseldorf. Dort hatte er Arbeit bei der Brunnenbaufirma Capito & Klein gefunden. Der Firmenchef war beeindruckt von seinem kräftigen Mitarbeiter. Er kenne da einen Club, bei dem er trainieren könne. Der Ring- und Stemmclub Gleichheit in Benrath. Genau an der Grenze zwischen britischer und französischer Besatzungszone lag der. Von seiner Wohnung in der Flenderstraße 12 war es nur ein Katzensprung zum Haus Wagner an der Telleringstraße, wo Schmeling trainierte.

Aber Schmeling war nicht zufrieden. Er wollte nicht ringen, sondern boxen. Es zog ihn nach Köln. Wie glücklich war er, als seine Firma ihn tatsächlich hierher versetzte! Da hatte er jetzt sogar die Auswahl. Gleich zwei namhafte Vereine boten Trainingsmöglichkeiten und organisierten sogar öffentliche Kämpfe. Neben dem SC Colonia gab es noch den Mülheimer Boxclub, genannt Schäl Sick. Dem trat Schmeling bei. Vorbei die Zeit des Selbststudiums mit Filmen und Büchern. In Mülheim trainierte der 18-Jährige im Dezember 1923 erstmals unter fachkundiger Anleitung. Man sah ihn als Stammgast im Restaurant Mülheimer Sportpalast – Zum Anker, Deutz-Mülheimer Straße, Ecke Wallstraße, wo der Club seine Kämpfe austrug. Wenig später wechselte Schmeling dann auf die linke Rheinseite zum SC Colonia 06.

Schmeling fiel die Eingewöhnung ins neue rheinisch-katholische Umfeld schwer. »Ich kam aus einer norddeutsch-protestantischen Umgebung, die einen Zug zum Strengen hatte und das Leben vor allem als Leistung sah«, schrieb es später. »Hier dagegen war man lebenszugewandt, sinnenfroh und heiter-gesellig.« Schmeling ließ sich nicht anstecken, sondern verfolgte seine sehr steil verlaufende Karriere. Den Finalkampf um die deutsche Amateurmeisterschaft im Halbschwergewicht 1924 verlor er zwar knapp nach Punkten. Dafür wurde aber Hugo Abels auf ihn aufmerksam, im Hauptberuf Inhaber eines Rollladengeschäfts in der Nähe der Herz-Jesu-Kirche in der Kölner Neustadt. »Sie sind ein begabter Mann«, sprach er ihn an, »Sie sollten Profi werden. Ich würde Sie managen.« Zunächst zögerte Schmeling, meinte, es sei doch noch zu früh, er sei doch erst 19 Jahre alt. Dempsey sei schon mit 15 Profi geworden, konterte Abels. Daraufhin willigte Schmeling ein.

Abels wurde sein Manager, besorgte ihm die Profi-Lizenz und stellte sein gesamtes Leben aufs Boxen um. Er verordnete ihm eine strikte Diät. Schluss war es mit Zigaretten oder Alkohol. Und Abels nahm ihn im Fremdenzimmer seiner großen Wohnung auf, Heinsbergstraße 4. Noch im selben Jahr bestritt Schmeling seinen ersten Profikampf. Im Kaisersaal der alten Tonhalle in Düsseldorf besiegte er am 2. August 1924 vor über 5000 Zuschauern den Lokalmatador Jean Czapp in der sechsten Runde. Das brachte ihm 80 Mark ein. Für ihn viel Geld. Schmeling war fast ständig pleite. Entsprechend freute er sich, wie er später erzählte, als er von einem Freund Abels »einen Scheck über 3 Mark – in Worten drei – geschenkt« bekam.

Diese kleine finanzielle Zuwendung stellte ihn allerdings vor Probleme: »Unerfahren in Banktransaktionen, machte ich mich von Köln aus auf die Socken, um ihn bei der Bonner Bank einzulösen, auf die er ausgestellt war. 25 Kilometer! Kein schlechtes Training für einen jungen, ehrgeizigen Berufsboxer. Als ich in Bonn ankam und mich endlich zu der Bank durchgefragt hatte, stand ich vor verschlossenen Türen! Was tun? Verzweifelt drehte ich meine Taschen um, obwohl ich wusste, dass ich keinen Pfennig mehr besaß. Was blieb mir anderes übrig, als die Strecke, die ich gekommen war, wieder zurückzulaufen? 50 Kilometer!« Mit durchwetzten Sohlen zurück in Köln musste er direkt weiter zum Training. »Es war eine verflucht harte Schule, die ich am Anfang meiner Karriere durchmachen musste«, meinte Schmeling Jahre später: »Doch erscheint sie mir heute nicht als böser Alptraum, sondern als klare Notwendigkeit und Voraussetzung für spätere Erfolge.«

Dann stand die Kölner Boxwelt Kopf. Der Manassa Mauler höchstpersönlich kam, Jack Dempsey, der amtierende Weltmeister aller Klassen. Seine Hochzeitsreise mit Hollywoodstar Estelle Taylor, die als eine der schönsten Frauen der Welt galt, führte ihn nach Europa. Und nebenbei verdiente er eben ein bisschen dazu. »Köln fängt an, großzügig zu werden«, meldeten die lokalen Zeitungen im Juni 1925. »Was in Deutschland nur Berlin und Hamburg sich leisten konnten, das lässt auch Köln sich nicht entgehen: holt Jack Dempsey, den Weltmeister aller Boxer, auf seiner Reise von Berlin nach Paris aus dem D-Zug und lässt ihn in einem zweitägigen Gastspiel im Lunapark seine Trainingsarbeit, seine Figur, seine Kraft, seine eminente boxerische Veranlagung in interessanten Übungen vorführen.«

Mit drei Gegnern bestritt Dempsey am 20. Februar 1925 im Lunapark, der zwischen Riehler und Amsterdamer Straße sowie der Flora lag, kurze Schaukämpfe. Ein großer, erhöhter und von Scheinwerfern ausgeleuchteter Boxring wurde hier aufgebaut. Über Tausend Sitzplätze und mehr als 7000 Stehplätze. Zu viel erwartete das Kölner Publikum nicht. Es gab auch keine richtigen Kämpfe. »Es hätte gar keinen Wert, Dempsey hier einen Gegner in scharfem Kampf entgegenzustellen, denn dann wäre alles in wenigen Sekunden mit den ersten Treffern des Weltmeisters erledigt und man bekäme doch nichts zu sehen«, erklärte die *Rheinische Volkswacht*.

Aber Schmeling freute sich wie ein Schneekönig, als er im Ring seinem Idol gegenüberstand. Den hatte er vor vier Jahren im Kino gesehen. Seinetwegen war er überhaupt erst nach Köln gekommen. Um Boxer zu werden. Sogar ein paar Treffer gelangen ihm. Schmeling war selig. »Am nächsten Mittag wurde im Domhotel ein Essen für Dempsey gegeben«, erinnerte er sich: »Als das Essen vorüber war, kam Dempsey auf mich zu und sagte mir mit ein paar freundlichen Worten, dass ich ein kommender Champion war.« Eine korrekte Prognose. Aber, erzählte Schmeling weiter: »Einige Jahre später, als Dempsey und ich längst befreundet waren, habe ich ihn in New York einmal an seine damalige Prophezeiung erinnert. Dempsey lachte nur: ›Das pflegte ich allen jungen Boxern damals zu sagen.‹«

Eigentlich war Schmeling glücklich in Köln. Seine Mutter und Schwester waren ihm sogar hierhin nachgezogen. Plötzlich aber verließ er den Rhein. Er war es leid, mit dem deutschen Meister im Mittelgewicht, Hein Domgörgen, um die Aufmerksamkeit seines Trainers Willi Fuchs vom SC Colonia 06 zu wetteifern: »Schon bald merkte ich, dass er ihm, einem der technisch brillantesten deutschen Boxer der Zeit, alle Zukunftschancen einräumte und mich darüber vernachlässigte. Ich wollte nicht das fünfte Rad am Wagen sein. Eines Tages kam es daher mit Fuchs zum Streit, und ich beschloss, aus Köln wegzugehen.«

Vor allem aber lag es auch an Schmelings ersten Erfahrungen als Geschäftsmann, die in der Veruntreuung seiner Gelder gipfelte. Schmeling hatte seinen Manager Hugo Abels überredet, im Keller seines Hauses eine Eismaschine aufzubauen. Der Boxer investierte die Ersparnisse der vergangenen zwei Jahre. Und er hatte Erfolg: »Wir hatten zwei Männer angestellt, die einen Eiswagen mit bunten Sonnenschirmen durch die Straßen zogen, und bald hatten wir auch ganz ordentliche Umsätze. Ich sah mich als Unternehmer«.

Dann kam Schmeling von einer zweiwöchigen Reise zurück. Hallo Abels, wie geht es? Was macht unser Eisgeschäft? Als Schmeling in den Keller ging, blieb ihm fast das Herz stehen. Die Eismaschine war fort. Was war ein Eisgeschäft ohne Eismaschine? Abels, was ist los? Hugo Abels hatte die Eismaschine verkauft. Er hatte dringende Schulden begleichen müssen. Der hintergangene Boxer ballte die Fäuste. Aber was sollte er machen?

Schmeling brachte die Angelegenheit nicht vor Gericht. Zumal kurz darauf auch noch Abels' Frau starb. Vertrauen konnte er seinem Manager und Geschäftspartner jedoch nicht mehr. Und der hatte ohnehin die Lust am Boxen verloren. Schmeling stand plötzlich ohne Manager da. Was hielt ihn dann noch hier? Gut, Köln war die Metropole des Westens. Aber eben nur des Westens. In Berlin, der Reichshauptstadt, spielte die Musik. Also Adieu, Köln. Willkommen, Berlin! Zu Max Machon. Den hatte Schmeling kurz zuvor in Köln kennengelernt. Er sollte sein neuer Trainer und bester Freund werden. Trotzdem wurde er noch als Kölner Boxer geführt, als er am 24. August 1926 im Kampf gegen Max Diekmann Deutscher Meister im Halbschwergewicht wurde. Und international ist er bis heute Kennern als »Black Uhlan of the Rhine« geläufig.

Die Briten, wegen deren Boxleidenschaft Max Schmeling überhaupt erst nach Köln gekommen war, verließen derweil ebenfalls den Rhein. 1918 als misstrauisch beäugte und teils auch bitter bekämpfte Feinde gekommen, war das Vertrauen der Kölner in den Jahren der Besatzung gewachsen. War die Stadt nicht oft vom restlichen Deutschland als Insel der Seligen beneidet worden? Trotzdem war von Trauer nichts zu spüren, als sich die Truppen verabschiedeten.

»Die Stunde ist gekommen, die so heiß, so inbrünstig ersehnte der Tag der Freiheit ist angebrochen«, jubelte Konrad Adenauer nachts in die vor dem Kölner Dom versammelte Menschenmenge als am 31. Januar 1926 die letzten britischen Soldaten aus Köln abgezogen waren. »Vereint sind wir wieder mit unserm Staate unserm Volke, unserm Vaterlande, vereint und frei nach sieben Jahren der Trennung und Unfreiheit! Schweres haben wir erdulden müssen durch die harte Faust des Siegers. Heute, in dieser weihevollen Stunde lasst uns davon schweigen. Ja wir wollen gerecht sein, trotz vielem, was uns widerfahren ist. Wir wollen anerkennen, dass der geschiedene Gegner auf politischem Gebiet gerechtes Spiel hat walten lassen. Hoffen wir, dass unsere Leidenszeit nicht umsonst gewesen ist, dass nunmehr ein wahrhaft neuer Geist in die Völker Europas einzieht.«

NACHBEMERKUNG

Zeitgenössische Quellen, vor allem Zeitungsartikel und Akten, schildern ausführlich Kölner Kriminalfälle und andere Gesetzesverstöße, die sich von 1918 bis 1926 ereigneten, als sich die junge Weimarer Republik konsolidierte. Die Einzelschicksale sind für sich allein schon interessant genug, um sie zu erzählen. Gleichzeitig spiegeln sie die Übergangszeit nach dem Ersten Weltkrieg wider, die von Unsicherheit, politischen Unruhen, Hunger und Inflation geprägt war und in Köln mit der britischen Besatzung einherging. Die Fälle geben somit auch Aufschluss über die Alltagsgeschichte und erhellen die Sorgen und Nöte, Hoffnungen und Wünsche der Menschen jener Zeit.

INHALT

Abbildungen

Vater-Rhein-Brunnen am Kaiser-Wilhelm-Ring, nach 1920 (Umschlag)
Eine Familie und Soldaten beten an einem Ehrenmal, um 1918 (Seite 1)
Blick auf Köln und den Rhein, 1919 (Seite 2/3)
Mülheimer Schiffbrücke, um 1920 (Seite 4/5)
Postscheckamt Köln, 1925 (Seite 6/7)
Lohnausgabe für Arbeiter im Niehler Hafen, 1922 (Seite 8/9)
Dreikönigenpförtchen im Winter, vor 1921 (Seite 10/11)
Schreinerei in Dünnwald, um 1920 (Seite 12/13)
Britische Soldaten an einem Kaffeestand auf dem Domplatz, um 1923 (Seite 14/15)
Hochwasser in der Kölner Altstadt, Januar 1920 (Seite 16)

Bildnachweis

www.grevenarchivdigital.de, Kölner Fotoarchiv: Umschlag, 1, 2/3, 10/11, 14/15, 16 • www.grevenarchivdigital.de, Historisches Archiv des Erzbistums Köln: 4/5 • www.grevenarchivdigital.de, Kölnische Rundschau: 6/7 • Häfen und Güterverkehr Köln AG: 8/9 • www.grevenarchivdigital.de, Sammlung Dünnwald »Quirl Grün Grimm«: 12/13

Dank an

Kerstin Danne-Weyer, meine Kinder, Familie und Freunde, Wera Reusch, an alle beim Greven Verlag (Dennis Janzen, Brigitte Barth, Damian van Melis und Melanie Brockes), an die Buchgestalterinnen Christina Schmid und Clara Neumann, den Mediengestalter Kai Münschke und an meine Kollegen bei DOM publishers. Dank auch an Jens Meifert und Stefan Sommer von der *Kölnischen Rundschau*, deren Anfrage, mich mit Kriminalfällen im Köln der Weimarer Republik zu beschäftigen, zunächst zur Serie »Babylon Köln« und nun zu diesem Buch geführt hat.

Informationen zum Autor

Anselm Weyer, geboren 1976, studierte in Köln. Er arbeitet als Lektor und Redakteur beim Verlag DOM publishers, wo auch sein *Architekturführer Köln* erschien. Als Journalist ist er für die *Kölnische Rundschau* tätig.

Lektorat: Wera Reusch, Köln
Gestaltung: Christina Schmid und Clara Neumann, Stuttgart
Satz: Medienwerkstatt Kai Münschke, Essen
Gesetzt aus der FF Franziska und Weissenhof Grotesk
Lithografie: prepress, Köln
Papier: 90 g/m² Schleipen Fly 05 spezialweiß, 1,5-faches Volumen
und 270 g/m² Colorplan, Scarlet
Druck und Bindung: Eberl & Koesel, Altusried

ISBN 978-3-7743-0949-4

Detaillierte Informationen über alle unsere Bücher finden Sie unter
www.greven-verlag.de